www.bbulmedia.com

Kerberos
켈베로스

Kerberos

3 켈베로스

BBULMEDIA FANTASY STORY

임준후 현대 판타지 장편 소설

목차

제1장

퍽!

가슴을 걷어 차여 바닥을 뒹군 김준범은 용수철처럼 일어나 제자리에 열중쉬어 자세로 섰다.

고개는 들고 시선은 아래로 내린 채였다.

"내가 그 녀석이 졸업하기 전에는 그쪽 애들 건들지 말라고 했던 걸로 기억하는데. 벌써 잊은 거냐?"

벌떡 일어나 김준범을 걷어찼던 검은 양복의 사내는 상의 양복자락 끝을 떨치며 말했다.

김준범은 사색이 되었다.

"죄송합니다, 형님."

"이 새끼야, 죄송하다는 한마디로 끝날 일이 아니야."

자리에 다시 앉으며 가는 눈을 치켜뜨는 사내의 음성은 날이 잔뜩 서 있었다.

두려움으로 인해 김준범의 눈이 흐릿해졌다.

그는 눈앞의 사내가 얼마나 잔인한지 잘 알고 있었다. 그의 잔인함 따위는 사내 앞에 명함도 내밀지 못한다. 그의 잔인한 솜씨 대부분은 이 사내에게 배운 것이었으니까.

가늘게 몸을 떠는 그의 귀에 사내의 혼잣말이 들렸다.

"손을 대기로 했으면 당하지나 말든지⋯⋯."

작은 소리였지만 지하실은 쥐 죽은 듯 조용해서 귀를 기울이지 않아도 그 말을 듣는 데는 전혀 지장이 없었다.

이곳은 유성구에 있는 5층 상가의 지하였다.

평소 김준범을 비롯한 티엔티 회원들을 관리하는 대전유성회의 말단 행동대원들이 찍은 상대를 데려와 담그는 곳이어서 이곳을 아는 자들은 누구나 할 것 없이 두려워하는 장소였다.

유성회 서열 팔위이자 행동대 넘버 투이기도 한 장일수는 김준범을 보며 입맛을 다셨다.

성질 같아서는 어디 한군데 부러뜨리고 싶었지만 한창 독기를 키워주어야 할 놈을 그렇게 망가뜨릴 수는 없었다.

"형님, 한번 용서해 주시죠?"

장일수의 속내를 짐작한 김희철이 조심스럽게 말했다.

180센티의 키에 100킬로가 넘는 거구의 김희철은

장일수가 오른팔처럼 여기는 자였다.

지하에 있는 자의 수는 여덟이었다.

장일수와 그의 부하 여섯, 그리고 김준범이다.

장일수는 힐끗 김희철을 돌아보고는 말없이 생각에
잠겼다.

김희철이 말을 이었다.

"여러 날이 지났는데도 서울에서 말이 없는 걸 보면
그놈들이 보고하지 않은 모양입니다요. 보고를 했는데도
조용한 것이라면 움직이지 않을 거라 보는 게 옳지 않겠
습니까요? 아무래도 대전에 내려와서 반병신이 되어 올
라갔으니 소문나면 조직의 체면이 뭉개질 것이고, 애들
일이라 그리 크게 일을 만드는 것도 별로 좋아 보이지는
않을 테니까요"

"흠……."

"문제는 대전에 있는 그 인간인데, 그 인간도 우리에
게 항의를 하지는 않고 있는 걸 보니 그냥 넘어갈 것 같
습니다요. 상우라는 꼬마가 다치긴 했지만 결과는 그쪽
이 이긴 것이니까요. 형님, 준범이가 이번에 좋은 경험
했다 여기시고 봐주시는 게 어떻겠습니까요?"

김희철의 말을 듣고 있던 장일수가 다리를 꼬며 입을
열었다.

"준범아."

"예, 형님."

바짝 언 김준범의 대답 소리에서 쇳소리가 났다.

"일 벌이기 전에 나와 상의했어야 했다. 적어도 일 벌어진 직후에라도 말이다. 내가 형님들에게 네 얘기를 들었으니 내 체면이 뭐가 되었겠냐. 내가 형님들 모신 후로 이런 개망신은 처음이야."

차분한 음성.

하지만 김준범의 안색은 사색을 넘어 똥색이 되었다.

"죄송합니다, 형님. 다시는 이런 일이 없도록 하겠습니다. 한 번만 용서해 주십시오."

"서울 애들 깬 놈이 누구라고?"

"사비고 2학년 이혁이라고 합니다. 봄에 서울에서 전학 온 놈이라고 알고 있습니다."

"깨진 애들이 그놈에 대해 뭐라던?"

"서울에서 잘나가던 놈이라고 했습니다. 별명이 미친개였답니다."

"미친개 이혁이라……."

장일수의 입가에 스산한 미소가 스쳐 지나갔다.

"형님들께서 너희들에 대한 처벌의 전권을 내게 일임하셨지만 일단 이번 일은 덮어두겠다. 하지만 다시 이런 일을 사전에 허락받지 않고 벌인다면 넌 내 손에 죽는다."

"명심하겠습니다."

온몸이 식은땀으로 축축하게 젖은 김준범의 대답에 장일수는 만족한 듯 웃었다.

그가 눈짓을 하자 둘러서 있던 사내 하나가 김준범의 등을 쳤다.

나가라는 뜻이다.

다리가 풀려 어기적거리며 나가는 김준범의 등을 보고 장일수를 비롯한 사내들은 낄낄거리며 웃었다, 이미 문을 닫고 나간 김준범은 들을 수 없었지만.

김희철이 말했다.

"앞으로 준범이와 꼬마들이 좀 더 긴장할 겁니다요. 요즘 너무 기고만장한 거 같아서 언제 한번 손을 볼까 생각 중이었는데 마침 잘되었습니다요, 형님."

"그래, 위아래 몰라볼 기미가 보이면 꺾어놓을 필요도 있지. 옛말에 미운 놈 떡 하나 더 주고 예쁜 놈은 매질한다는 말도 있잖냐."

장일수가 말을 이었다.

"지금은 애들 일에 신경 쓸 여력이 없다. 물건에 집중하기에도 시간과 사람이 모자랄 판이야. 조용히 살 시기다. 어떤 새끼든 경찰이나 검찰 눈에 띄는 짓을 하는 놈은 형님들이 나서시기 전에 내가 죽인다. 너희들도 명심하고 애들한테 전해."

그의 마지막 말은 섬뜩한 살기를 품고 있었다.

긴장한 여섯 사내가 자세를 바로 했다.

"옛, 형님."

"서울도 그렇고 영주 뒤에 있는 그 인간도 이번 일을 문제 삼을 거 같지는 않은 분위기다. 네 말처럼 굳이 우리가 설레발칠 필요 없어. 하지만 그 이혁이라는 놈에 대해서 네가 좀 알아봐라. 솜씨가 괜찮은 놈 같은데, 그런 놈이 영주가 다니는 학교에 있다는 게 걸린다. 그 인간이 이혁이라는 놈을 주목하면 귀찮아질 소지가 있으니까."

"알겠습니다요."

김희철이 허리를 꺾으며 대답했다.

장일수는 일어섰다.

이곳에서의 일은 끝난 것이다.

*　　　*　　　*

점심시간이 되었다.

이혁은 언제나처럼 운동장 구석으로 갔다. 그곳에는 이제 그만이 사용하는, 그래서 이혁용이라 불리는 고정 벤치가 있었다. 그는 벤치에 누워 한 손으로는 팔베개를 하고 한 손으로는 눈을 가렸다.

잠을 잘 자세였지만 그는 자는 대신 생각에 잠겼다.

새벽에 들렀던 마약제조공장과 시은과의 대화 때문에

그의 머릿속은 복잡했다. 생각해야 할 것들이 한둘이 아닌 것이다. 하지만 그의 사색은 길게 이어지지 못했다.

그는 자신의 얼굴을 덮는 그림자를 느끼고 눈을 가린 팔을 내렸다.

고개를 돌린 그의 눈에 살색의 스타킹에 덮인, 어느 한군데 흠잡을 데 없이 늘씬한 다리가 들어왔다.

바로 코앞이었다.

그는 눈살을 찡그리며 일어나 앉았다.

누워 있다가 당했던 어떤 기억 때문에 그는 치마 입은, 그것도 짧은 치마를 입은 여자 앞에서는 절대 누워 있지 않겠다고 스스로에게 약속했었다.

그 때문에 팔자에 없던 퀼트까지 배우고 있지 않은가.

고개를 든 그의 미간에 깊은 골이 패였다.

연미지가 그를 내려다보고 있었다.

그녀의 맑은 눈빛이 부담스러울 정도로 강했다.

연미지가 담담한 목소리로 말했다.

"얘기 좀 해."

"할 얘기 없다."

무릎에 팔꿈치를 대고 상체를 반쯤 숙여 연미지의 시선을 빗겨 흘리는 이혁의 목소리는 심드렁했다.

"난 있어."

연미지는 물러나지 않았다.

이혁은 눈살을 찌푸렸다.

"듣고 싶지 않다."

"난 해야겠어."

단단한 각오가 느껴지는 음성.

하지만 그럴수록 이혁은 불편해졌다.

그가 차가움이 묻어나는 목소리로 물었다.

"하숙집에서 보는 것만으로도 충분하지 않나?"

"난 충분하지 않아."

"그건 네 사정이고, 난 귀찮다."

이 정도면 어지간히 얼굴이 두꺼운 사람이라도 눈물이 쏙 빠질 정도의 홀대다. 하지만 연미지는 표정 하나 변하지 않았다. 그녀의 얼굴이 두꺼워서가 아니었다. 이혁의 성격이 어떤지 잘 아는 터라 이 정도는 이미 각오하고 왔던 것이다.

그녀는 이혁의 옆에 앉았다.

그녀의 치마는 다른 여학생들의 것과 비교할 수 없을 만큼 짧았다.

자리에 앉자 그녀의 치마가 허벅지 중간 부근까지 말려 올라갔다.

군살이 전혀 없는, 길고 쭉 뻗은 다리가 햇살 아래 드러났다.

멀리서 공을 차던 남학생들이 정신줄을 놓은 듯 몽롱

해하다가 공에 얼굴을 맞고 하나둘 나뒹굴었다.

"네가 조금만 더 그렇게 앉아 있으면 우리 학교 운동장이 뻘게지겠다."

이혁의 말에 연미지는 눈을 동그랗게 뜨며 되물었다.

"왜?"

"날 보지 말고 저기를 봐."

이혁은 턱짓으로 운동장을 가리켰다.

나뒹군 남학생들은 하나같이 쌍코피를 흘리고 있었다.

연미지는 손으로 입을 가리며 작게 웃었다.

"호호호."

"웃기는······."

"우스운 걸 어떡해."

"졸리다. 점심시간 끝나려면 20분도 남지 않았어. 가없은 애들 그만 괴롭히고 교실로 돌아가는 게 어때?"

"싫어."

연미지는 간단하게 이혁의 말을 무시했다.

이혁은 혀를 찼다.

"쩝, 그럼 빨리 볼일 보고 가. 하고 싶은 말이 뭐야?"

"정말 몰라서 물어?"

이혁은 대답하지 않았다.

그의 눈빛이 무거워졌다.

"지난 일이야."

"네게는 그럴지 몰라도 내게는 아직 진행형이야."

"돌이킬 수 없다. 돌아갈 마음도 없고."

이혁의 냉정한 말에 연미지의 눈동자가 흔들렸다.

그녀는 살짝 입술을 깨물었다.

이혁의 성격을 잘 알고 있었기에 버티고 있긴 했지만 그녀의 가슴에는 긴 상처가 만들어졌다.

그녀가 말했다.

"죽을 각오로 노력하면 불가능을 가능으로 바꿀 수 있다고 한 사람은 바로 너였어. 나는 노력할 거야, 죽을 각오로."

"나한테 그렇게 집착하지 마. 내가 그럴 만한 남자인지도 잘 모르겠고, 네가 그럴수록 나는 부담스러울 뿐이다."

이혁은 고개를 돌려 미지의 눈을 보았다.

그의 눈에는 아무런 감정도 실려 있지 않았다.

연미지의 가슴이 미어졌다.

무관심은 증오보다 오히려 고통스러운 것이라는 말이 지금처럼 가슴을 파고든 적이 없었다.

미지의 흔들리는 눈동자를 바라보는 이혁의 눈은 무심한 듯했지만 내심은 달랐다. 그는 속으로 한숨을 쉬고 있었다.

미지와 헤어진 후 그가 겪은 일들은 그의 사고를 또래와 완전히 다르게 만들어놓았다. 보통 사람이라면 평생

한 번도 겪기 어려운 일들을 밥 먹듯이 해결하며 지낸 그였다.

미지는 대단한 미녀였지만 아직 소녀였다.

그의 눈에 그녀는 아직 세상물정을 모르는 아이에 지나지 않았다.

그가 말을 이었다.

"세상에 널린 게 남자야. 그들 중에 찾아봐. 나보다 주먹질 잘하는 놈을 찾는 건 쉽지 않겠지만 성격 좋고 능력도 있으면서 널 아껴주는 자식을 찾는 건 그리 어려운 일이 아니야. 세상엔 꽤 괜찮은 남자들이 많아."

연미지는 고개를 끄덕였다.

"나도 알아. 찾아보면 그런 남자는 꽤 있겠지. 하지만 그들이 너는 아니야. 내가 원하는 건 너야. 다른 어떤 남자도 너를 대신하지는 못해."

흔들림이라고는 한 점도 보이지 않는 말투였다.

이혁의 입가에 쓸쓸한 기색이 떠올랐다.

그가 말했다.

"미지야, 그때 우리는 너무 어렸어. 지금도 어리지 않다고 말할 수 있는 나이는 아니고. 세월이 흐르면 마음은 바뀌게 마련이라잖아. 지금 내 마음이 너를 처음 만났던 그때와 다른 것처럼, 후일 마음은 또 달라지겠지. 그러니까 너도 스스로를 나라는 울타리에 가두려 하지 마라. 나는 네 울타리가 될 수도 없고, 될 마음도 없어. 미지야, 똑바로 봐. 이게 지금의 나니까."

연미지의 가슴 기복이 커졌다.

그녀는 허리를 펴고 깊게 심호흡을 했다.

입술은 악물렸고, 손은 꼭 쥔 채 가늘게 떨렸다.

각오하고 왔지만 그래도 마음이 아팠다. 너무 아파서 눈물을 참기가 어려웠다. 하지만 그녀는 울 수 없었다.

이혁은 여자의 눈물에 약했지만 그로 인해 마음이 바뀌는 사내는 아니었다.

노력은 무엇이든 가능하게 한다.

흘러나오려던 눈물이 말랐다. 대신 그녀의 입가에 미소가 떠올랐다.

그녀가 말했다.

"우리 대화 내용이 너무 어른스럽다는 생각이 들지 않니?"

이혁은 쓴웃음을 지었다.

그녀의 말이 맞았다.

그들이 나눈 대화는 미성년자의 대화답지 않았다.

연미지가 말을 이었다.

"혁아, 우리는 아직 열아홉에 불과해. 그러니까 지금의 너를 보면서 절망하거나 아파하지만은 않을 거야. 나는 앞으로 우리가 살아갈 날들이 내게 다시 기회를 줄

거라고 믿어."

"희망고문이야."

연미지의 미소가 진해졌다.

"절망고문보다는 나아."

연미지가 일어섰다.

그녀는 이혁의 반듯한 이마를 내려다보며 말했다.

"너는 네가 하기 싫은 걸 강요당하는 걸 질색하잖아. 그러니까 나한테도 너를 잊고 살라고 강요하지 마. 그건 내가 정말 하기 싫은 거거든."

이혁은 고개를 들어 연미지를 보았다.

그가 말했다.

"누가 그러더라, 이 또한 지나가리라고. 네가 그러길 바란다."

"바람을 빙자한 강요도 사양할게."

"그래, 니 팔뚝 굵다."

이혁은 툭 뱉듯이 말하고 다시 벤치에 누웠다, 팔베개를 하고.

연미지는 미련 없이 몸을 돌렸다.

그녀의 뒷모습에 둔 이혁의 시선이 무거워졌다. 눈빛 따라 마음도 무거워졌다. 가슴에 돌덩이 하나를 올려놓은 듯했다.

'내 잘못이다……'

연미지는 그의 첫 여자 친구였다.

말 그대로 그녀는 그의 친구였다.

그가 받아들였던 유일한 이성 친구.

하지만 연미지에게 이혁은 단순한 친구가 아니었다.

그 차이는 컸다.

'그때는 내 인생이 이렇게 꼬일 줄 몰랐었지…….'

이혁은 쓰게 웃었다.

그가 연미지를 처음 만난 건 중학교 3학년의 여름방학 때였다. 그때는 그의 형들도 살아 있었고, 그 또한 아직은 보통의 중학생에 불과했다. 성격이 조금 특이하긴 했지만.

그는 눈을 감았다.

추억이라고 모두 아름다운 것일 수는 없다.

그는 마음속에서 연미지를 지웠다.

그녀는 그와 사는 세계가 다른 사람이었다.

"와아! 미지 언니 예쁜 건 인정할 수밖에 없어!"

창가에 채현과 어깨를 나란히 하고 서서 아래를 내려다보고 있던 이선아가 낮은 탄성을 토했다.

운동장에는 벤치를 떠난 연미지가 건물을 향해 걸어오고 있었다.

그녀 주변에 있던 남학생들의 고개가 자동으로 돌아

가며 시선이 그녀에게 달라붙었다. 여학생들도 남학생들과 별반 다르지 않았다.

자석을 향해 달려드는 쇳가루를 연상시킬 정도로 연미지를 향하는 학생들의 시선은 끝도 없이 이어졌다. 그녀가 건물 안으로 사라진 후에야 남녀 학생들은 움직였다. 그동안 굳어 있었던 것이다.

채현은 쓸쓸한 얼굴로 고개를 끄덕였다.

"응, 정말 예쁜 언니야."

기운이라고는 하나도 없는 그녀의 말투에 이선아는 움찔했다.

슬쩍 곁눈질로 본 채현의 시선은 벤치에 누워 팔뚝으로 눈가를 덮고 있는 이혁에게 고정되어 있었다.

이선아의 얼굴에 걱정스런 기색이 떠올랐다.

그녀는 이혁을 좋아하지 않았다. 딱히 싫어하는 것도 아니었지만 채현과 그가 함께 있는 건 정말 싫어했다.

그녀의 부모는 둘 다 교육자였고, 비폭력무저항주의로 인도의 독립을 이끌어낸 성자 마하트마 간디를 존경하는 걸 넘어 숭배하는 사람들이었다.

그들의 딸인 이선아도 당연히 그들의 영향을 크게 받았다. 그래서 그녀는 폭력으로 일을 해결하는 사내들을 무척 싫어했다. 오죽하면 액션 영화 포스터조차 쳐다보지도 않을까.

그런 그녀의 눈에 이혁은 아주 위험한 남학생이었다.

전학 초기에 이혁이 이상우 일당을 간단하게 아웃시키는 것을 직접 두 눈으로 보았을 뿐만 아니라, 그녀가 사비고에서 가장 위험하다고 생각하는 일레븐의 빅 보스(?) 남영주도 그를 어쩌기는커녕 한 수 접어준다는 소문이 도는 형편이었으니 긴말이 필요 없었다.

그래도 친구인 채현의 기운이 쭉 빠진 모습을 보는 건 유쾌한 일이 아니었다.

그녀가 말했다.

"미지 언니가 예쁘긴 하지만 너보다는 못해. 어떤 남자라도 너를 보면 사랑에 빠지지 않고는 못 배길걸?"

"홋, 웬일이니. 네가 그런 닭살 돋는 멘트를 다하고?"

채현이 웃음과 함께 손바닥으로 선아의 등을 가볍게 쳤다.

이선아는 오히려 주먹을 불끈 쥐고 한술 더 떴다.

"사실인걸. 대전에 있는 남학생들에게 물어봐, 너와 미지 언니 중에 누가 더 예쁜지. 다 너라고 할 거야."

채현이 눈을 크게 떴다. 입도 커졌다.

"우와— 정말 웬일이니? 급식을 그렇게 많이 먹고도 배가 고픈 거야? 매점 가서 빵 사줄까?"

"얘가!"

이선아가 빽 소리를 질렀다.

"농담이야, 농담!"

채현이 손바닥으로 귀를 막는 시늉을 하며 헤헤 웃었다.

이선아를 보는 채현의 눈빛은 따듯했다.

그녀는 친구가 이렇게까지 오버를 하며 자신의 기를 세워주려는 이유를 알고 있었다. 그래서 더 고마웠다.

이선아와 장난을 치던 채현의 시선이 벤치로 향했다.

이혁이 천천히 일어서고 있었다.

채현의 눈이 별처럼 반짝였다.

그녀는 이선아의 허리를 꽉 끌어안았다.

마치 듬직한 오빠처럼 이선아가 채현의 어깨를 품에 안았다.

그때를 틈타 채현은 웃으며 이선아의 허리를 간질였다. 자지러질 듯 놀란 이선아가 허리를 배배 꼬았다.

"아아악, 헥헥헥, 홍채현! 내가 간지럼을 얼마나 잘 타는지 알면서!"

혀를 쏙 내민 채현이 뒤로 몸을 빼서 재빨리 달아났다.

"너, 잡히면 가만두나 봐!"

손톱을 세우고 쫓아오는 이선아의 마수를 피해 책상과 책상 사이를 빠져나가면서 채현은 마음속으로 말했다.

'나도 내 마음을 잘 모르겠어, 선아야. 하지만 혁이 오빠 옆에 다른 여자가 있으면 이상하게 힘들어. 불안해서 잠도 오지 않아. 이게 오빠를 좋아해서 그런 걸까?

오빠는 내게 관심도 없는데… 내 마음이 왜 이런지 알고
싶어서 지윤이네 집에 하숙을 하겠다고 한 거야. 내 마
음의 정체를 아는데 그리 오래 걸리지는 않을 거야. 그
러니까 걱정하지 않았으면 좋겠어, 친구야.'

                    *   *   *

"미지가 대전으로 내려간 이유가 그놈 때문이라고?"

"그렇습니다, 회장님."

장신이지만 손목뼈가 드러날 정도로 마른 체격에 입
술이 얇고 눈빛까지 차가워서 냉혹한 느낌을 풍기는 젊
은이, 김남호가 대답하는 목소리는 평소보다 낮았다.

연상준의 안색이 일그러졌다.

김남호를 보는 그의 눈빛은 사나웠다.

"허… 그때 분명히 그놈이 평생 침대 신세를 벗어나
지 못할 거라는 자네의 자신만만한 보고를 들었던 것으
로 기억하는데?"

사자가 으르렁거리는 듯한 말투.

연상준은 누대에 걸친 거부의 후손으로 다른 사람에
게 속내나 감정을 잘 드러내지 않는 사람이었다. 다른
사람 중에는 수족과 같은 김남호도 포함되었다.

그런 사람이 겉으로 분노를 드러내고 있었다.

정말 화난 것이다.

김남호는 입술을 깨물며 고개를 숙였다.

그의 뇌리에 청년이라 하기에는 아직 앳된 기색이 남아 있는 소년의 모습이 떠올랐다.

붉은 카펫이 융단처럼 깔린 바닥을 보는 그의 눈에 지독한 살기가 흘렀다.

그가 말했다.

"드릴 말씀이 없습니다, 회장님."

"그래도 듣고 싶군."

"녀석이 남들보다 건강하고 독특한 무예를 수련한 것은 사실입니다만, 등에 가해졌던 칼질은 일반인이라면 죽어도 이상하지 않을 정도의 상처를 남겼습니다. 그런 상처를 입고도 완전히 회복되었다는 것은 운이 좋았다고밖에는 생각하기 어렵습니다."

"운이 좋다……."

김남호에게서 시선을 뗀 연상준은 창밖으로 고개를 돌리며 중얼거렸다.

스모그로 인해 뿌옇게 흐린 고층건물들의 모습이 그의 시야에 들어왔다.

그가 있는 곳은 27층 건물의 꼭대기 층이었다.

서초동의 사무실 밀집지역에 있는 건물이었는데 부동산 재벌로 알려진 그가 가진 건물들 중 하나였다.

창밖을 보며 생각에 잠겼던 연상준이 불쑥 물었다.

"미지가 그 녀석의 하숙집에 들어간 것이 예전에 자네가 손을 쓴 것을 우려한 때문이라고 보나?"

"그렇지는 않으리라고 생각합니다. 제가 파악한 바로 아가씨는 당시의 일을 알지 못합니다. 만약 그 일을 아셨다면 아가씨 성격으로 그동안 그처럼 조용하셨을 리가 없습니다."

"그건 그렇지……. 그럼 왜 그 하숙집에 들어갔다고 보나?"

"…죄송합니다."

김남호는 고개를 숙였다.

대략 짐작은 하고 있지만 그 말을 그대로 할 수는 없었다.

연상준의 분노가 끝을 모를 정도로 치솟을 것이 뻔했으니까.

연상준의 눈이 짜증으로 뒤덮였다.

"미지를 강제로라도 데려온다면 또 자살하려 하겠지?"

"아가씨 성격이라면… 충분히 그럴 수 있습니다."

"후우……."

연상준의 입에서 답답한 한숨이 뿜어졌다.

"자식새끼 하나 내 맘대로 할 수 없다니……. 정말 한심스러운 인생이야……. 어미 죽고 난 후에 오냐오냐

하며 모든 것을 받아준 내 탓이 크다는 것을 알면서도 이럴 때는 정말 답답하군."

그의 시선이 김남호를 향했다.

"기회를 봐서 그놈을 제거해."

단호한 음성.

김남호는 흠칫했다.

그의 눈빛이 강해졌다.

"함께 살고 계시는 상태에서 그놈 신변에 문제가 생기면 아가씨께서 어떻게 나올지……."

"네 흔적을 드러내지 않고 놈을 제거할 수 있는 방법을 찾아봐. 무슨 일이 있어도 그놈이 숨을 쉬지 못하게 만들어! 적어도 사지육신 멀쩡하게 걸어 다니는 게 내 눈에 띄게 하지 마라. 그런 머리 나쁘고 깡패 같은 고아 놈이 미지 옆에 얼씬거리는 꼴을 계속 지켜보게 하지 마!"

연상준의 어조는 김남호가 근래 들어본 적이 없을 정도로 격했다. 감정에 대한 통제력을 상실할 정도로 분노한 때문이었다.

10년이 넘는 세월 동안 그를 보좌한 김남호조차 이정도로 분노한 그의 모습은 몇 번 보지 못했었다. 그래서 대답하는 김남호의 음성이 긴장으로 가득 찼다.

"알겠습니다, 회장님."

"이번에도 실수하면 그놈 대신 네 목을 내놓아야 할

거야."

　김남호는 굳은 얼굴로 고개를 숙였다.

　"두 번의 실수는 없습니다. 믿어주십시오, 회장님."

　"나도 너를 계속 믿을 수 있기를 바란다."

　"예."

　고개를 드는 김남호는 결연한 기색이었다. 차갑던 눈빛도 뜨겁게 변해 있었다.

　그 열기의 정체는 증오였다.

제2장

"형부는 네가 공부에 흥미가 전혀 없다고 하던데 왜 이렇게 늦게 다녀?"

하숙집에서 100여 미터 떨어진 골목의 입구에서 이혁은 이수하를 만났다.

그녀는 늘 그렇듯 팔짱을 낀 채 담장에 등을 기대고 서서 그가 걸어오는 것을 보고 있었다. 다른 점이 있다면 오늘은 바이크를 타지 않았다는 정도였다.

이혁은 피식 웃었다.

"남 말 하기에는 좀 그런 거 같은데요?"

"뭐가?"

"강력팀 형사가 한가해 보여서요."

"형사는 개인 시간도 없나?"

이수하는 툴툴거리며 벽에서 등을 뗐다.

긴 머리를 등 뒤에서 곱창 밴드로 대충 묶은 그녀는 시원한 푸른색의 반팔 티셔츠와 청바지, 운동화 차림이었다.

이혁은 이수하가 반가웠다.

밤 11시를 넘고 있었다. 이 시간에 이수하가 그를 기다리고 있으리라고는 생각지도 못한 터였다.

게다가 그는 조만간 이수하를 만나야겠다는 생각을 하고 있었다.

유성회의 움직임과 마약에 관한 정보는 현직 형사인 이수하를 통하는 게 가장 빠르고 정확할 게 분명했기 때문이다.

"형사가 아니라 여대생처럼 보입니다."

"내가?"

자신의 아래위를 훑어본 이수하가 활짝 웃으며 되물었다.

"예."

"그렇단 말이지……?"

뭔가 무척이나 마음에 드는 말을 들은 듯한 표정이어서 이혁은 오히려 불안해졌다. 여자의 마음을 읽는 건 그에게 지상최대의 난제에 속했다.

혼자 희희낙락하던 이수하의 얼굴이 언제 웃었냐는 듯 싸늘해졌다.

"그런데 너 왜 전화 안 해?"

"예?"

"내가 휴대폰 줬잖아!"

언성이 높다.

화가 난 것이 역력한 표정이었다.

이혁의 얼굴에 어리둥절해하는 기색이 떠올랐다. 그리고 그 표정은 곧 고민하는 것으로 바뀌었다.

이수하가 왜 자신에게 화를 내는지 이해할 수가 없었기 때문이다.

그는 자신이 무엇을 잘못했는지 알 수 없었지만 강력팀 형사가 바로 앞에서 열을 내고 있는 것이 부담스러워 절로 목소리가 작아졌다.

"전화할 일이 없어서요."

단순하지만 사실일 수밖에 없는 대답.

고등학생이 강력팀 형사에게 전화할 일이 있다면 그게 더 이상한 일이다.

"……."

이수하는 순간적으로 말문이 막혔다.

그녀는 이혁이 자신에게 전화를 하지 않은 걸 추궁하는 스스로가 얼마나 이상해 보이는지 처음으로 자각했다.

'내가 왜 애를 보러 온 거지?'

그녀는 내색하지 않았지만 많이 당황했다.

머릿속에 몇 가지 상념이 동시다발적으로 떠올랐다.

그것이 더 그녀를 놀라게 했다.

이혁의 전화를 기다리느라 하루 종일 일이 손에 잡히지 않았던 것도 떠올랐고, 퇴근한 후 자연스럽게 이곳으로 향한 자신의 발길도 떠올랐다. 그리고 한순간도 뇌리를 떠나지 않던 모습, 절도범들이 자동차로 자신의 차를 들이받을 때 이혁이 자신을 잡아채 보호하려던 것도 떠올랐다.

게다가 이렇게 직접 찾아와 전화를 하지 않는다고 이혁을 구박할 필요도 없었다. 그 정도는 전화로 해도 충분했다. 그런데도 그녀는 이혁을 직접 찾아왔다.

그녀의 눈빛이 멍해졌다.

자신이 떠올린 생각들은 말도 되지 않을 뿐만 아니라 받아들일 수도, 받아들여서도 안 되는 것이었다.

겉모습만으로는 스물이 넘어 보이고, 지닌 능력도 그 나이에 걸맞지 않지만 이혁은 누가 뭐래도 아직 고등학생이었다.

'내가 애를? 말도 안 돼! 수하야, 너 미쳤니!'

머릿속에서 절로 비명과도 같은 외침이 터졌다.

이혁은 코앞에서 칠면조처럼 얼굴색이 이리저리 변하는 이수하를 바라보며 침묵했다. 끼어들었다가는 날벼락이 떨어질 것 같은 기색이었다.

물론, 날벼락이 떨어진다고 그가 이수하를 두려워할
리는 없었다. 그런데도 그는 그저 이수하의 변화를 지켜
보기만 했다.

이유는 없었다.

그래야 할 것만 같아서였을 뿐.

이수하는 이혁을 한번 힐끗 본 후 어깨를 축 늘어뜨렸
다.

그리고 아무런 말도 없이 멀어져 갔다.

터벅터벅 걸어가는 그녀의 발길엔 힘이 없었다. 가끔
비틀거리기까지 했다.

물끄러미 이수하의 뒷모습을 바라보던 이혁의 손끝이
꿈틀거렸다.

그의 손은 이수하를 부르려는 듯 조금 위로 올라가다
가 허공에서 멈췄다. 잠시 정지했던 그의 손이 천천히
아래로 내려왔다.

그의 눈도 이수하만큼이나 혼란에 가득 차 있었다.

'뭐야 이건?'

그의 눈매가 일그러졌다.

움켜쥔 주먹에 저절로 힘이 들어갔다.

그는 이수하의 힘없는 뒷모습을 보는 것이 싫었다.

보는 것만으로도 가슴이 답답해졌고, 이유를 알고 싶

어 갈증이 났다. 그런데도 그는 이수하를 부르지 못했다.

그녀가 돌아선다면 그것도 난감했다.

용건이 없는 게 아니었는데도 머리가 텅 빈 것처럼 할 말이 아무것도 생각나지 않았다.

열아홉 해, 길다면 길고 짧다면 짧은 세월을 살아오는 동안 한 번도 해본 적이 없는 느낌이 그를 찾아왔지만 정작 당사자는 그것을 모르고 있었다.

"누구니?"

2층 난간에 서서 이혁을 기다리고 있던 시은의 입에서 나온 첫마디는 질문이었다.

"봤어?"

"응."

시은의 옆에서 걸음을 멈춘 이혁은 고개를 돌려 골목길을 내려다보았다.

자신과 이수하가 만났던 곳이 한눈에 들어왔다. 그 장소는 가로등에서 멀지도 않아 사람의 윤곽 정도는 또렷하게 볼 수 있었다.

"이수하라고, 대전중부서 강력팀 형사야."

"형사?"

시은의 눈이 동그래졌다.

"형사가 이 시간에 왜 너를 기다려?"

묻는 말투에 긴장의 빛이 섞여 있었다.

이혁은 쓴웃음을 지었다.

"불안해할 필요 없어. 이 형사와 안 좋게 얽힌 일이 있었어. 지금은 거의 마무리되었고."

시은의 눈이 가늘어졌다.

"마무리되었는데 이 시간에 너를 찾아와? 말이 안 되잖아."

이혁은 뭐라 할 말이 없었다.

시은의 말은 그의 마음속 혼란을 부추기고 있었다.

그는 조금 무거워진 얼굴로 말했다.

"이 형사에 대해서는 내가 알아서 할게. 신경 쓰지 않아도 돼. 들어가자, 누나."

시은의 차분한 시선이 이혁의 모습을 한눈에 담았다.

그녀의 나이는 많지 않지만 사람을 상대한 경험은 오십대에게도 뒤지지 않는다.

이혁에게서 눈을 뗀 그녀는 고개를 돌려 텅 빈 골목길을 보았다.

'설마……?'

그녀의 마음이 복잡해졌다.

입술을 비집고 흘러나오려는 한숨을 억지로 되삼킨 그녀는 이혁을 따라 방으로 들어갔다.

'혁이는 여자에 대해서는 백지나 다름없는데… 많고

많은 여자 중에 왜 하필 연상을… 주변에 예쁜 아이들도 많은데… 하아, 내가 너무 앞서 나간 것일 수도 있어. 그래도 알아는 봐야겠구나.'

방에 들어선 이혁은 옷을 갈아입었다.

차돌처럼 단단하면서도 스프링 같은 탄력으로 가득 찬 상체와 굳건한 다리가 드러났다가 곧 반바지와 반팔 티셔츠 속으로 사라졌다.

이혁이 시은을 향해 돌아서며 투덜거렸다.

"이제는 내가 옷 갈아입는 모습 쳐다보는 것도 질릴 때가 되지 않았어, 누나?"

시은은 배시시 웃었다.

"그러게. 이상하게 질리지가 않네!"

"누나 취향 참 독특해."

"내 취향이 독특한 게 아니라 네가 둔한 거야."

"내가?"

"응."

시은은 시원하게 고개를 끄덕였다.

"뭐가 둔해?"

이혁이 어리둥절한 얼굴로 되물었다.

"내가 하는 말을 못 알아듣는다는 게 네가 둔하다는 증거야."

"말 참 어렵게도 한다."

"호호호."

웃음을 멈춘 시은의 눈빛이 묘해졌다.

꼬집어 말할 수 없는 불안한 느낌 때문에 섬뜩해진 이혁이 떨떠름한 얼굴로 시은에게 물었다.

"그 표정… 말로 하지 그래?"

"너 말야……."

"나, 뭐?"

"취향이 연상이었어?"

"…딸꾹!"

이혁은 깨달았다.

오늘 밤 자신이 시은에게 평생 놀림받을 거리를 제공했다는 사실을.

* * *

사무실은 환했지만 분위기는 밝지 않았다.

모니터에 코를 박고 있는 세 명의 사내를 물끄러미 바라보던 이상윤은 척추에 힘을 빼고 의자에 등을 파묻었다.

손가락으로 양쪽 눈두덩을 꾹꾹 누르자 피로가 풀리기는커녕 반대로 물밀듯이 밀려와 몸을 통째로 점령했다.

그의 이마에 굵은 주름 여러 개가 잡혔다.

"으드득, 유령도 아니고……. 잡힐 듯 잡힐 듯하면서

도 꼬리를 잡을 수가 없구나. 내 손에 걸리기만 해라. 장기만 뜨는 게 아니라 아예 세포 단위로 조각을 내서 소금물에 저며주마."

이를 갈며 중얼거리는 그의 입매가 무섭게 일그러졌다.

그의 가슴속에서는 분노와 짜증이 화학적으로 결합해 놀라운 상승작용을 일으키고 있었다.

20여 평가량의 그리 좁지 않은 사무실 분위기가 단숨에 얼어붙었다.

일정한 간격으로 장면이 바뀌고 있는 모니터의 화면을 보며 쉴 새 없이 자판을 두드리던 세 사내의 등에 송골송골 식은땀이 맺혔다.

그들이 하는 일은 단순했다.

CCTV가 녹화된 화면을 분석해서 이상윤이 요구하는 것을 찾아내기만 하면 되었다. 하지만 이 일은 말처럼 쉽지 않았다.

일단 분량이 어마어마하게 많았다.

한 채의 집을 중심으로 그곳을 오가는 길에 설치된 모든 CCTV의 녹화화면을 보아야 했다. 그리고 그 집에 출입한 사람이 있으면 그가 어디로 가는지 동선을 따라 녹화된 화면을 전부 뒤져야 했다.

4배속 이상으로 감아서 빨리 보는 행위는 허락되지 않았다.

목표로 한 집을 왕래한 자들의 것이라면 아무리 사소한 것이라도 놓쳐서는 안 되기 때문이었다.

그들이 받은 녹화 분량은 6개월 치였다.

그들은 보름째 이 일에 매달려 있었다. 그런데도 일은 끝날 기미가 보이지 않았다.

집을 찾은 몇 사람을 발견해 보고했지만 그들은 동사무소 직원이거나 인근 음식점의 배달원, 우편배달부, 택배 기사였다.

그들은 아직 이상윤이 원하는 것을 찾아내지 못한 것이다.

그것이 그들의 마음속에 끝없는 공포를 불러일으키고 있었다.

이번 사안을 지휘하는 이상윤은 상식을 벗어난 잔인함의 소유자였으니까.

사내들이 속으로 무엇을 생각하는지 알 리 없는 이상윤은 앉은 채로 목과 어깨, 허리와 손목으로 이어지는 뼈와 근육을 회전시켜 피로를 풀어주며 생각에 잠겼다.

'최정환은 죽기 전 이소영을 구한 자에게 청부를 한 건 자신이었다고 말했다. 자백제를 투입한 상태였으니 그가 거짓을 말했을 가능성은 없어. 그와 청부업자를 연결해 준 건 취재 중 알게 된 건호흥신소장 양건호였고.'

그는 눈썹을 찌푸렸다.

지난 몇 달 동안 그는 백동주 일파를 폐인으로 만든 후 이소영을 데려간 자를 추적하기 위해 전력을 기울였다.

처음 이번 일을 해결하라는 지시를 받았을 때 그는 가벼운 마음으로 받아들였다.

오래 걸릴 거라는 생각도 하지 않았다.

하지만 그것은 착각이었다.

이 일은 그가 맡았던 일들 중에서도 최고 난이도에 속할 만큼 어려웠다.

그것을 증명하듯 그는 아직도 목표로 한 자를 잡지 못했다.

잡기는커녕 그자를 추적할 수 있는 확실한 단서 하나도 확보하지 못하고 있었다.

'양건호를 잡았지만 그가 아는 건 달랑 방배동에 있는 가정집의 전화번호 하나뿐이었다. 그 전화가 설치된 곳을 추적해 찾아갔을 때 그곳은 이미 비어 있었다. 불과 반나절밖에 걸리지 않았건만. 양건호가 잡히자마자 안전가옥을 팔고 잠적한 것을 보면 정보력이 있을 뿐만 아니라 눈치도 빠르고 과단성까지 있는 놈들이다.'

그의 손끝이 이번에는 양쪽 관자놀이를 지그시 눌렀다.

'양건호까지는 우리가 빨랐는데… 그를 잡는 과정에서 놈들과 충돌한 조직의 히트맨이 넷이나 죽었다. 그 정도의 힘을 가진 조직이 한국 땅에 있다는 것을 우리가

모르고 있었다는 게 믿기지 않는다.'

그 일로 그는 상부의 호된 질책을 받았다.

조직에 대한 공헌도가 높고, 능력을 인정받고 있지 않았다면 그는 제거되었을 것이다.

한 번도 하지 못했던 경험을 이번 일로 한 것이다.

"으드득!"

저절로 이가 갈렸다.

그는 알고 있었다.

앞으로 자신에게 주어질 기회가 단 한 번뿐임을.

그가 몸담고 있는 조직은 두 번의 실수를 용납하지 않았다.

그는 열심히 화면을 들여다보고 있는 사내들의 뒤통수에 시선을 고정했다.

저들은 그가 원하는 것을 찾아내야 했다.

녹화된 화면, 그것이 현재 남아 있는 그의 유일한 희망이었다.

*   *   *

"오빠, 요새 무슨 바쁜 일 있어요?"

하숙집 문을 나서자마자 채현이 이혁에게 한 질문이다.

이혁과 꽃처럼 예쁜 네 명의 여학생이 다 함께 모여

식사를 한 후 가방을 메고 같이 하숙집을 나서는 건 이제 일상이 되었다.

"별로. 왜?"

이혁은 고개를 저으며 대답했다.

"늦게 다니는 거 같아서요. 안색도 좀 어두워 보이고요."

"그렇게 보였어?"

"예."

이혁은 눈을 껌벅거리다가 손바닥으로 얼굴을 쓸어내렸다.

'속이 읽힐 정도로 내 표정 변화가 컸나?'

그의 얼굴은 형들이 죽은 후 무표정으로 고정되다시피 했다. 딱히 감정을 숨고 생활하려 한 것은 아니지만 주변 사람들이 그가 무슨 생각을 하는지 알아내는 것 쉽지 않았다. 그런데도 십대의 여학생들에게 속내가 보였다는 건 생각해 볼 여지가 있었다.

지수가 후다닥 앞으로 오더니 뒷걸음으로 걸으며 이혁의 얼굴을 빤히 올려다보았다.

이혁은 풀썩 웃으며 손바닥으로 지수의 머리카락을 헝클어뜨렸다.

"꼬맹아, 넌 또 왜 그러냐?"

지수는 헝클어진 머리를 어루만지며 입술을 삐죽거렸다.

"채현 언니가 오빠 얼굴이 어두워 보인다고 하니까 그러지. 그 말 듣고 보니까 정말 그런 거 같기도 하네."

"일없다."

이혁은 짧게 대답한 후 성큼성큼 걸어나갔다.

더는 대화를 허락하지 않겠다는 그의 뜻이 완강한 등에서 읽혀졌다. 하지만 이 정도에 포기하면 지수가 아니다.

지수는 재빨리 이혁의 옆으로 붙으며 말했다.

"오빠, 예쁜 언니 발견했구나?"

이혁의 미간에 주름이 잡혔다.

이해가 쉽지 않은 말이다.

궁금해진 그가 물었다.

"무슨 소리냐, 꼬맹아?"

"공부도 안 하고, 같이 다니는 친구도 없는 오빠가 밤늦게 다니면서 할 일이 뭐가 있어?"

지수의 눈이 실눈으로 바뀌었다.

'이 녀석이 무슨 말을 하려고?'

불안해진 이혁이 지수의 입을 막으려 했지만 한 발 늦었다.

지수의 목소리가 커졌다.

"음… 오빠, 관음증이 또 도진 거 맞지?"

"쿨럭!"

이혁의 입에서 잔기침이 터졌다. 그는 자신도 모르게 곁눈질로 한 발 뒤떨어져 걸어오고 있는 세 소녀의 기색을 살폈다.

지윤의 일을 모르는 채현과 미지는 어리둥절한 표정으로 눈을 동그랗게 뜨고 있었고, 지윤은 입술을 깨물며 웃음을 참고 있었다.

지수를 내려다보는 이혁의 눈끝이 부르르 떨렸다.

'이놈을 쥐어박을 수도 없고!'

지수는 혀를 날름거리고는 지윤의 곁으로 뛰어갔다.

이혁의 어깨가 축 늘어졌다.

"형, 오늘따라 기운이 없어 보이는데 무슨 일 있어요?"

앞자리의 장덕성이 몸을 틀어 이혁을 돌아보며 물었다. 눈이 반짝반짝 하는 것이 궁금해서 못 견디겠다는 얼굴이다.

"덕성아……."

"옙!"

기운찬 대답.

"건드리지 마라. 나 지금 기분 별로다."

이혁의 치켜뜬 눈에 살기가 흘렀다.

"헙!"

질겁한 장덕성은 손으로 입을 틀어막고는 바람처럼

몸을 돌렸다. 하지만 지수로부터 시작된 그의 고난은 끝날 기미가 보이지 않았다.

장덕성에게서 바통을 넘겨받은 사람은 옆자리의 채현이었다.

몸을 기울여 이혁의 귀 가까이 입술을 댄 그녀가 잔뜩 소리를 죽여 속삭이듯 물었다.

"오빠, 관음증이 도졌다는 게 무슨 소리야?"

힘을 잃은 이혁의 이마가 돌덩이를 매단 것처럼 자유낙하하더니 책상과 거세게 충돌했다.

쿵!

소리가 너무 컸다.

깜짝 놀란 채현이 머리를 드는 이혁의 이마에 손을 댔다.

"오빠, 괜찮아요?"

걱정스러운 기색이 가득한 목소리.

잡티 하나 없어 투명하게까지 보이는, 희고 고운 손가락은 서늘했다.

"으휴……."

이혁은 한숨을 내쉬며 채현의 손을 잡아 떼어냈다.

슬쩍 돌아본 교실 분위기는 벌써 블리자드가 몰아치고 있었다.

남학생들의 눈에서 레이저빔처럼 쏟아져 나온 시기와

질투의 칼날이 이혁을 난자하기 위해 몰려들고 있었다.

그는 자리에서 일어났다.

채현이 물었다.

"오빠, 어디 가세요?"

"아무 데나. 여기 있다가는 제명에 죽지 못할 거 같거든."

"예?"

무슨 말인지 이해를 하지 못한 채현이 멍한 눈으로 반문했다.

이혁은 그녀의 반문을 사뿐히 무시하고 교실을 나섰다.

복도로 나온 그의 걸음이 우뚝 멈췄다.

그의 앞을 미지가 막고 있었다.

"3학년이 여기 올 시간이 있나?"

"널 볼 시간이라면 얼마든지."

미지의 아무렇지도 않은 대답에 이혁은 혀를 찼다.

"예전의 너는 이렇게 질기지 않았던 것 같은데?"

"시간이 사람을 변화시킨다는 말을 한 사람은 바로 너였어."

"묘한 곳에 그 말을 써먹는군."

미지는 화사하게 웃었다.

반대로 이혁은 눈썹을 찡그렸다.

"웃으려고 온 거야?"

"아니."

"용건 있으면 빨리 보고 가는 게 어때?"

"안 그래도 그럴 생각이야. 한마디만 할게."

"고맙다, 짧게 해줘서. 뭔데?"

미지는 입술을 살짝 깨물었다가 마음을 굳힌 듯 입을
열었다.

"너한테 그런 취미가 있는 줄은 몰랐어. 정말 맘에 들
지 않는 취미지만… 어쨌든 앞으로 밤늦은 시간에 길 잃
은 냥이처럼 돌아다니면서 다른 여자를 훔쳐보는 짓은
하지 마. 그리고 언제든지 말만 해. 네가 원하는 모습이
어떤 것이든 내가 준비를 할 테니까. 이 말을 해주고 싶
어서 왔어. 갈게."

미지는 볼을 살짝 붉히며 돌아섰다. 그리고 절반쯤은
뛰는 듯한 빠른 걸음으로 치맛자락을 날리며 복도 저편
으로 멀어져 갔다.

"킥!"

홀로 남은 이혁은 뒷목을 잡고 쓰러질 듯 비틀거렸다.

펙.

누군가 이혁이 잠들어 있는 벤치를 걷어찼다.

"이혁!"

"어떤 놈이 주무시는 호랑이의 털을 뽑으려 하는 거냐?"

팔뚝으로 눈을 가린 이혁이 심드렁하게 말했다.

벤치를 걷어찬 사람이 누군지 알기에 그는 눈도 뜨지 않았다.

사비고에서 이혁에게 먼저 시비를 걸 수 있는 사람이야 단 한 명밖에 없는 게 현실이 아니던가.

퍽!

남영주는 한 번 더 벤치를 걷어차며 말했다.

"졸고 있는 미친개겠지!"

목로주점 사건이 소문난 후로 이혁의 별명을 모르는 사비고 학생은 아무도 없었다. 아니, 대전에서 주먹 좀 쓴다는 학생들은 다 알고 있다고 할 정도로 그의 별명은 유명해진 상태였다.

당시 그 싸움의 목격자는 수십 명에 달했다.

남영주가 그들의 입단속을 했지만 일부 다른 학교의 학생들까지 섞여 있는 무리를 대상으로 그런 시도가 성공할 리 없었다.

이혁이 목소리를 깔고 말했다.

"미친개한테 한번 물려볼래?"

"광견병은 싫거든."

"그럼 방해하지 말고 꺼져."

다른 사람에게 들었다면 즉시 주먹이 날아갈 말이지만 상대는 이혁이다.

남영주는 주먹을 날리는 대신 피식 웃으며 이혁의 다리를 위로 밀어 올렸다. 그리고 자신이 만든 빈자리에 앉았다.

"오늘따라 인간들이 약속이라도 했나, 왜 이렇게 질겨."

이혁은 투덜거리며 일어났다. 그리고 남영주와 어깨를 나란히 하고 앉았다.

"자꾸 부르거나 찾아오지 마라. 그러다 정든다."

"너라면 정드는 것도 나쁜 일은 아니지."

남영주의 대답에 이혁은 헛웃음을 흘렸다.

"허. 꿈 깨라. 난 남자는 싫어한다."

"여자는 좋고?"

"……."

이혁은 말문이 막혔다.

사실 그는 시은을 제외하고는 남녀를 불문하고 아직 마음을 준 사람이 없었다. 그러고 싶다는 생각이 들었던 적도 없고.

말이야 대충 나오는 대로 하는 것에 불과했다.

그는 화제를 돌렸다.

"시답잖은 소리나 하려고 날 찾아온 거냐?"

남영주는 웃으며 고개를 저었다.

"당연히 아니다."

"그럼 너도 빨리 볼일 보고 가라. 뭐야?"

남영주의 얼굴이 진지해졌다.

"너도? 나 말고 찾아온 사람 있었냐?"

"쓸데없는 궁금증은 명을 재촉하는 지름길이지. 볼일이 뭐냐니까!"

이혁의 말투가 으스스해졌다.

남영주는 싱긋 웃었다. 어딘가 묘한 웃음이었다. 하지만 이혁이 고개를 갸웃거릴 때 남영주가 재빨리 말문을 열었기에 그는 생각을 잇지 못했다.

"널 보고 싶어 하시는 분이 계시다. 시간 좀 내줘."

"날? 누가?"

이혁은 어리둥절해졌다.

잠시 생각해 봤지만 대전에서 그를 보고 싶어 할 만한 사람은 한 명도 떠오르지 않았다.

남영주는 말을 질질 끄는 취미는 없었다.

그가 말했다.

"홍승재 씨라고. 채현이 친삼촌이 널 보고 싶어 하셔."

이혁은 눈살을 찌푸렸다.

홍승재라면 낯선 이름이 아니었다. 불과 얼마 전 편정호에게 들은 적이 있으니까.

"채현이 삼촌이 왜 날 보고 싶어 해?"

남영주는 어깨를 으쓱했다.

"난들 알겠냐? 어제저녁에 갑자기 내게 전화로 근일 간에 너를 봤으면 한다는 말씀을 하시더라."

"싫다고 전해라."

이혁이 쉽게 허락할 거라고 생각하지는 않았던 터라 남영주의 표정은 변화가 없었다.

그가 말했다.

"그 말을 전하는 건 어렵지 않은데, 많이 귀찮아질 거다. 가는 게 좋아."

"어울리지 않게 웬 협박이냐?"

"그분이 네게 이 말을 전할 사람으로 날 점찍은 걸 다행으로 알아. 내가 너를 데리고 가지 못한다고 해서 포기할 분이 아니야. 내가 실패하면 그분은 다른 사람을 시켜서라도 너를 보려 하실 거다. 그러니까 내가 말할 때 가는 게 나아."

"다른 사람?"

되묻던 이혁이 인상을 찡그렸다.

"채현이?"

남영주는 싱긋 웃으며 고개를 끄덕였다.

"역시 너는 말귀를 빨리 알아듣는 놈이라니까. 하하하. 그분은 채현이를 끔찍하게 아끼셔. 그 아이에게는 물 한 잔 가져오라는 심부름조차도 시킨 적이 없는 분이지. 하지만 내가 실패하면 채현이를 시키실 거다. 너를 만나겠다고 학교로 직접 오거나 하숙집을 찾아가실 수는 없는 노릇이니까. 너, 채현이가 눈물 그렁거리며 부탁하는 거 보고 싶냐? 그렇다고 대답하면 그분께 나는 실패했다고 말씀드리마."

남영주가 말한 그대로의 채현을 떠올린 이혁은 몸을 부르르 떨고는 망설임 없이 고개를 저었다.

"안 돼. 가겠다."

남영주는 고개를 젖히고 크게 웃음을 터트렸다.

"하하하하하, 그럴 줄 알았다. 언제 갈래?"

"평일에는 할 일이 있어서 어렵고. 토요일이나 일요일 편한 대로 잡아."

"알았어."

남영주는 자리에서 일어섰다.

막 돌아서던 그가 멈칫하며 이혁에게 물었다.

"그런데, 묻고 싶은 게 있는데……."

"묻지 마."

오늘 하루는 질문 때문에 트라우마가 생길 지경인 이혁이 단호한 어조로 남영주의 다음 말을 막았다.

하지만 누구누구처럼 남영주도 이혁이 어지간해서는 막을 수 없는 남자였다.

그가 물었다.

"네 취미가 아주 독특하다는 얘기가 들려오던데… 관

음… 뭐시기라는. 그거, 사실이냐?"

"으드득, 한 마디만 더 하면, 죽.인.다!"

이혁이 이를 갈며 벌떡 일어서자 남영주는 후다닥 몸을 돌려 뛰어갔다.

"하하하하하하하!"

유쾌한 웃음소리만을 남기고.

한남대학교 교정.

방찬일은 김준범의 어깨를 툭 치며 그의 옆에 엉덩이를 붙이고 앉았다.

담배를 입에 문 채 교정에 넘쳐 나는 여대생들의 다리를 뚫어져라 쳐다보고 있던 김준범이 고개를 돌렸다.

그가 방찬일에게 물었다.

"내가 부탁한 거 어떻게 됐냐?"

방찬일은 호주머니의 담배를 꺼내 물고 라이터로 불을 붙였다.

잔디밭에 도넛 모양의 담배 연기가 계속해서 생겨났다.

김준범이 인상을 썼다.

"찬일아, 장난치지 마라. 나 지금 기분 최악이야."

"알아."

방찬일의 어조는 밝고 경쾌했다.

김준범의 얼굴에 기대의 빛이 떠올랐다. 방찬일은 그와 초등학교 동창이다. 그때부터 붙어 다닌 친구여서 그의 성격을 잘 알았다. 그는 기분이 나쁘면 위아래는 물론이고, 친구도 몰라본다. 그걸 아는 방찬일이 저렇게 나온다는 건 이유가 있을 수밖에 없었다.

김준범의 얼굴을 한번 힐끗 돌아본 방찬일이 말했다.

"네가 하란 대로 아빠한테 이혁이라는 놈을 손봐달라고 부탁했어."

김준범의 눈이 커졌다.

"진짜?"

"너한테 뻥치겠냐."

"들어주시던?"

"안 들어주시면 가출하겠다고 협박했지."

"통했구나!"

김준범의 안색이 확연하게 밝아졌다.

방찬일은 웃으며 고개를 끄덕였다.

그의 부친은 그를 손안의 구슬처럼 애지중지하며 키웠다. 그 지나친 사랑이 자식을 엇나가게 했지만 그는 신경 쓰지 않았다. 오히려 남에게 맞고 다니는 것보다 두드려 패고 치료비를 대주는 게 훨씬 낫다고 생각하는 사람이 방찬일의 부친이었다.

김준범의 안색이 심각해졌다.

"네 아빠가 나서신다면… 유성회 힘을 빌리겠지?"

"그렇게 되지 않을까 싶어. 아빠를 따르는 사람들이 있지만 그치들은 주먹 전문가가 아니니까."

"유성회가 손을 쓰면 이혁을 작살내는 건 어렵지 않을 거야. 하지만 그런 상황이 되면 남영주가 나설 게 뻔한데, 과연 나서려 할까? 유성회가 남영주와 얽히는 걸 얼마나 껄끄러워하는지 너도 알잖아."

방찬일이 싱긋 웃었다.

"준범아, 우리 아빠한테 썩어나갈 정도로 많은 게 뭐냐?"

생각할 필요도 없다는 듯 김준범은 즉시 대답했다.

"돈."

"맞아. 돈은 귀신도 부린다고 하잖냐. 그래서 너도 우리 아빠한테 부탁을 드려보라고 했던 거고. 그동안은 영 자존심 상해서 부탁한 적이 없었지만 이 마당에 우리가 가릴 게 뭐 있어. 부탁드리면서 탁 까놓고 다 얘기했어. 이혁이 놈의 실력도, 영주에 대해서도 얘기했어. 그럼 된 거야. 남영주가 아닌 이혁이란 놈 하나만 손보는 거잖아. 아빠가 다 알아서 하실 거야. 우리는 기다리기만 하면 돼."

김준범의 눈속에 불꽃이 피어났다.

그는 이를 갈며 중얼거렸다.

"와득, 이혁, 그놈만 잡으면… 다음은 영주, 그놈이다!"

미소가 감돌던 방찬일의 얼굴에 걱정스런 기색이 떠올랐다.

"근데 정말 괜찮긴 한 거야? 장일수 형님이 가만있지 않을 텐데… 이혁을 담그는 거야 어차피 유성회의 힘을 빌리는 거라 뭐라 할 수 없겠지만 남영주는 사정이 다르잖아?"

방찬일은 김준범이 장일수에게 끌려가 어떤 취급을 받았는지 알고 있었다.

"이혁과 남영주, 두 놈을 병신으로 만들면 난 대전을 뜰 거다."

예상치 못한 대답에 방찬일이 눈을 부릅뜨며 되물었다.

"뭐?"

"저번에 내려왔다가 깨진 친구들, 서울 태릉회 소속이라는 거 너도 알지?"

"어."

"그 친구들하고 얘기가 다 되었어, 내가 두 놈 작살내 놓고 서울 가면 위에 얘기해서 날 받아주기로. 걔들도 이혁이라면 이를 갈고 있으니까. 장일수가 내 뒤를 쫓아서 서울까지 온다 해도 내가 태룡회에 몸담고 있는데 지가 날 감히 어쩔 수 있겠냐. 태룡회가 이마트면 유성회는 노점좌판이다."

방찬일의 얼굴이 설렘으로 붉어졌다.

"준범아, 나도 데리고 가주라."

김준범은 어깨를 폈다.

"알았어. 일이 잘되면 내가 너를 나 몰라라 하겠냐."

"고맙다."

둘에게 이혁과 남영주는 이미 죽은 사람이나 다를 바가 없었다. 하지만 돌아가는 상황은 그들의 생각과는 하늘과 땅만큼의 차이가 있었다.

그들처럼 땅 위를 기어 다니는 수준에서는 구름 위에서 사는 사람들 사이에 어떤 일이 벌어지고 있는지 알수 있는 방법은 없는 것이다.

*   *   *

주말이 올 때까지 겉으로 보이는 이혁의 일상은 평범했다.

그는 여학생들에게 둘러싸여 등교했다가 자율학습이 끝나면 하숙집으로 돌아왔다. 지수는 틈만 나면 그를 놀려댔지만 이제는 관음증에 얽힌 얘기를 들은 후라 채현과 미지도 이혁에게 엉뚱한 얘기를 하지는 않았다.

평온한 일상이었다. 하지만 그건 말 그대로 겉으로 보이는 모습일 뿐이었다. 이혁의 동거녀(?) 시은은 그가 긴장의 끈을 놓지 않고 있다는 것을 느끼고 있었다.

토요일은 이혁이 늦게까지 늘어지게 자는 날이다.

아침 10시가 넘어서 잠에서 깬 이혁은 무릎을 가슴에 끌어안고 자신의 머리맡에 앉아 그를 내려다보고 있는 시은의 눈을 볼 수 있었다.

"누나……."

잠이 덜 깬 듯 어눌한 어조로 이혁이 시은을 불렀다.

"왜?"

"속 보여."

시은은 배시시 웃었다.

무릎을 모아 안고 있는 시은이 입은 치마는 무릎에 닿지 않는 스커트였다.

이혁은 한숨과 함께 상체를 일으켰다.

"언제가 되어야 나를 남자로 볼 거야?"

"음… 네가 딱지 떼면!"

"딱지? 무슨 딱지?"

"총각 딱지!"

이혁의 얼굴이 일그러졌다.

"물어본 내가 잘못했다. 누나, 잊어줘."

"호호호."

시은은 경쾌하게 웃으며 자세를 책상다리로 바꿨다. 다행히(?) 손으로 치마를 눌러서 이혁은 그녀의 속을 보지 않아도 되었다.

그녀가 물었다.

"얘기 좀 해."

"언제는 안 했나?"

"그런 거 말고. 요즘 네가 고민하는 거 말이야."

"누나 도움이 필요하면 얘기할게."

"지금은 안 되고?"

"응."

"조금 서운해지는걸."

시은은 시무룩한 얼굴로 방바닥에 시선을 던졌다.

이혁은 혀를 찼다.

"쩝, 아직은 누나가 신경 쓸 만한 일이 아니라서 그래."

"나중에는 내가 신경 쓸 만한 일이 될 가능성이 있나 봐?"

이혁은 소리 없이 웃었다.

조르듯 말꼬리를 잡는 시은의 심정이 어떤지 느껴졌다. 그녀는 진심으로 그를 걱정하고 있었다.

"약속! 누나 힘이 필요하면 꼭 얘기할게."

이혁이 새끼손가락을 내밀었다.

시은은 그 손가락에 자신의 손가락을 걸어 세차게 흔들었다.

그녀의 입가에 부드러운 미소가 떠올랐다.

"씻고 10분 있다가 내려와. 밥 차려놓을게."

"응."

이혁은 오후 2시가 넘어 하숙집을 나섰다. 골목길을 빠져나와 대로변으로 접어들자 낯익은 얼굴이 보였다, 그것도 둘이나.

팔짱 낀 채 진주색 그랜저에 기대 서 있는 남영주야 이 자리에서 기다린다고 한 당사자라 특이할 게 없었다. 그러나 채현이 그와 함께 있는 건 의외였다. 남영주가 채현이 그와 함께 갈 거라는 말을 한 적이 없었기 때문이다.

그의 심정을 헤아린 듯 남영주가 먼저 입을 열었다.

"이상하게 생각할 거 없어. 그분이 채현이도 보고 싶어 하셨거든."

연이어 그가 물었다.

"면허증은 있냐?"

"있다. 왜?"

"잘됐네."

말과 함께 남영주가 뭉치 하나를 이혁에게 휙 던졌다.

"뭐야?"

"보면 모르냐? 차키지."

남영주는 발뒤꿈치로 기대고 있던 차를 툭툭 차며 말을 이었다.

"이놈 키다. 끌고 다녀와라. 버스 타고 가면 두 번이나 갈아타야 해. 내 차니까 막 다뤄도 상관은 없는데 폐차는 만들어 오지 마라. 아버지한테 받은 지 반년도 안 됐다."

"휘휘휙… 재벌 2세였던 거냐?"

이혁이 휘파람을 불며 말했다.

남영주는 피식 웃었다.

"훗, 그 정도는 아니지만 차 끌 정도 집안은 된다. 다녀와라. 채현이 잘 챙기고."

이혁이 눈살을 찌푸렸다.

"너도 같이 가는 거 아니었냐?"

"갑자기 일이 생겨서 나는 갈 수가 없어. 그러니까 둘이 다녀와. 내비도 있고 채현이도 길을 잘 아니까 헤맬 염려는 하지 않아도 돼."

채현을 슬쩍 돌아보는 남영주의 눈에 뜻모를 미소가 감돌았다. 그 미소는 발그레 볼을 밝히며 기대에 찬 눈으로 이혁을 보는 채현의 눈빛과 묘하게 비슷했다.

그들과는 반대로 이혁은 인상을 썼다. 둘이 뭔가 작당을 하고 있는 것 같기는 한데 알 수가 없었다.

"돌아올 때 전화해라."

"그러지."

이혁은 떨떠름한 얼굴로 대답했다.

남영주는 이혁에게 싱긋 웃어 보이고는 청바지 뒷주머니에 손을 꼽으며 등을 돌렸다.

흰 반팔 티와 청조끼에 감싸인 한쪽 어깨를 약간 기울인 채 간간이 머리를 쓸어 올리며 유유히 걸어가는 그의 모습은 화보집 속의 연예인 저리 가라 할 정도로 멋이 있었다.

이혁은 고개를 절레절레 저었다.

'저 자식은 자기가 제임스딘인 줄 아나.'

남영주의 걷는 자세는 포스터 속의 제임스딘을 닮았다.

이혁은 인정하지 않으려 했지만 외모로만 보면 남영주는 제임스딘보다 못할 게 없었다.

생김새야 자타가 공인하는 대전 제일의 꽃미남이니 언급이 무의미했고, 신체비율은 오히려 생김새를 압도했다.

그는 이혁보다 3센티가 작지만 그래도 183센티의 장신이다. 몸무게는 72킬로, 머리는 작아서 신장 전체의 8분이 1이고, 다리의 길이는 전체의 2분의 1이다.

비율이 가히 황금이다.

게다가 운동으로 단련된 몸이라 드러난 팔뚝의 근육은 이소룡을 방불케 했다. 헐렁한 티를 입었는데도 선명한 가슴 근육은 같은 남자들도 탐을 낼 정도 수준이다.

그리고 드러난 근육은 부피를 키운 게 아니라 노가다 근육처럼 조밀하고 섬세했으며, 피부도 여자만큼이나 부드럽고 맑았다.

길을 가던 여자들의 시선이 자석처럼 그에게 달라붙는 것을 보면 이혁 혼자만의 착각은 아니었다. 슬금슬금 남영주의 뒤를 따르는 여자들도 몇 있었다.

그의 시선을 따라 남영주의 뒷모습에 잠시 시선을 주었던 채현이 웃으며 말했다.

"저래서 지윤이가 영주 오빠를 좋아하지 않아요."

"여자들에게 인기 있는 거?"

채현이 고개를 끄덕였다.

"인기가 있어도 너무 있어서 문제죠. 어린이집 다닐 때부터 영주 오빠 주위에는 여자 친구가 들끓지 않았던 때가 없었대요."

"영주가 저렇게 태어난 건 저 녀석이 선택한 게 아냐."

"하지만 인기를 즐기는 건 선택이잖아요."

맞는 말이라 이혁은 내심 혀를 찼다.

'이 자식은 오른손으로 하는 일을 왼손이 모르게 하라는 말도 몰랐던 거야? 채현이가 알 정도면 알 만한 사람은 다 안다는 말인데. 적어도 지윤이는 모르게 해야 할 거 아냐. 그랬으면 내가 첩자 역할을 하지 않아도 되었을 거고.'

이혁의 속을 알지 못하는 채현이 말을 이었다.

"요새는 자기 관리를 좀 하는 것 같지만… 아마 잘 안 될 거예요."

"왜?"

"영주 오빠는 남자들에게도 함부로 대하지 않긴 하지만 여자에겐 정말 잘해줘요. 오빠도 영주 오빠 별명 알죠?"

"알지. 문나이트(달의 기사)!"

이혁은 팔뚝을 벅벅 긁었다.

닭살이 눈에 보일 만큼 잔뜩 돋아 있었다.

"호호호."

채현은 맑게 웃었다.

"그 별명은 싸움을 잘해서 생긴 게 아니에요. 오빠가 워낙 여자들을 매너 있게 잘 대해줘서 여자들이 붙여준 별명이에요. 오빠는 이상하다 싶을 정도로 여자를 매정하게 대하질 못해요. 성격인가 봐요. 오죽했으면 여자들이 그런 별명을 붙여주었겠어요?"

"여난을 벗어나질 못할 팔자를 자기가 불러들이는 놈이었군."

심드렁한 이혁의 반응에 채현의 눈매가 반달처럼 휘어졌다.

말없이 웃는 그녀를 힐끗 돌아본 이혁이 조수석 문을 열었다.

"타라."

내비게이션의 안내는 대전 유성구의 외곽을 가리키고
있었다.

대전시청을 지나고 계속 달려 현충원역도 지나자 도
로변의 건물들이 하나둘 줄어들었다. 차량의 수도 많이
줄었다.

계기판의 속도는 60을 넘지 않았다.

이혁은 임무를 수행할 때가 아니라면 교통법규를 철
저하게 지켰다. 그에게는 교통법규를 어기면서까지 빨리
가야 할 곳이 없었으니까.

한 손으로 운전대를 잡고 있는 이혁은 오직 정면만을
볼 뿐 조수석은 쳐다보지도 않았다. 무시에 가까운 행동
이었다. 하지만 채현은 이혁의 기색에 영향을 전혀 받지
않았다. 오히려 뭐가 그리 좋은지 차에 타기 전부터 미
소가 떠날 줄을 몰랐다.

오랜 침묵에도 이혁을 보았다가 창밖을 보았다가 하며
시간을 잘 보내고 있던 채현이 갑자기 생각난 듯 물었다.

"오빠는 휴학을 했었잖아요. 그동안 뭘 했었어요?"

"놀았다."

예상한 대로 심드렁한 대답.

채현은 생긋 웃었다.

"뭐 하면서요?"

"이것저것."

"그때 운전도 배운 거예요?"

"응."

채현의 눈이 별처럼 반짝였다.

"대단해요! 주변에 오토바이 면허 가진 애들은 여럿 봤지만 차 운전면허를 가진 학생은 영주 오빠밖에 보질 못했거든요."

"2년 정도 후에는 개나 소나 다 따는 면허다. 대단할 거 없다."

"그건 미래잖아요."

여전한 미소.

"음… 오빠한테 정말 물어보고 싶은 게 있어요. 물어 봐도 돼요?"

채현의 말투가 조심스러워졌다.

이혁은 힐끗 채현에게 시선을 주었다. 그녀는 기대에 가득 찬 눈으로 그를 보고 있었다, 두 손을 꼭 잡고서.

이혁은 속으로 한숨을 쉬었다. 그도 분위기 파악하는 데는 재능이 없었지만 채현도 만만찮았다.

"뭔데?"

허락이다.

"오빠는 장래 꿈이 뭐예요?"

"쿨럭!"

어이가 없어 절로 나온 잔기침.

끼이이익-

얼떨결에 밟은 급브레이크가 도로에 긴 스피드마크를 남겼다. 차가 크게 출렁거렸다. 다행히 앞뒤에 붙어 달리는 차가 없어서 사고는 나지 않았다.

곧 본래의 안전 운전으로 돌아온 이혁은 고개를 돌려 조수석을 보았다.

채현의 안색은 핏기가 하나도 없이 파리하게 질려 있었다.

그녀는 두 손으로 가슴 앞의 안전벨트를 죽어라 붙잡고 있었는데, 얼음동상처럼 미동도 하지 않았다.

조금 미안한 생각이 든 이혁이 부드럽게 말했다.

"긴장 풀어. 사고 안 났다."

얼마나 놀랐는지 고개를 돌려 이혁을 바라보는 채현의 눈에는 습막이 어려 있었다. 하지만 눈물이 될 정도의 양은 아니어서 놀람이 가시는 것과 동시에 사라졌다.

"오빠… 물어보면 안 되는 것이었어요?"

'채현아, 내가 초딩이냐. 그런 걸 묻게!'

생각한 대로 타박을 하면 가뜩이나 눈물이 많은 채현이 또 울지도 모르는 일이라 그는 살짝 말을 돌렸다.

"그건 아니고. 몇 년 동안 그런 질문을 받아본 적이

없었거든."

채현의 얼굴이 환해졌다.

"그럼 대답해 줘요. 다들 어렴풋이라도 뭘 하고 싶다 이런 생각들은 하잖아요. 가장 많은 게 돈을 많이 버는 일을 하고 싶다는 거고요. 오빠는 그런 생각을 해보지 않았어요?"

정말로 궁금한지 이혁을 보는 눈이 반짝반짝 빛이 났다.

"쩝……."

'이 녀석 완전히 애기네…….'

혀를 차며 고개를 돌린 이혁의 시선이 정면을 향했다.

'장래 꿈이라…….'

아주 어렸을 때는 그에게도 꿈이 있었던 것 같았다. 하지만 지금은 그 꿈이 무엇이었는지 기억나지 않았다. 형들이 비명에 간 후 그는 미래에 대해서 생각을 해본 적이 없었다. 생각하는 것은 오직 하나뿐이었다.

'복수…….'

이혁은 쓰게 웃었다.

그랬다.

그의 마음 전부를 차지하고 있는 그 한 단어였다.

'뭐라고 말해줘야 하나… 복수라고 할 수는 없는 일이고…….'

이혁은 고민에 빠졌다.

돈을 벌고 싶다는 생각은 해본 적이 없었다.

형들이 그에게 남긴 유산은 20억 원이 넘었다. 강남의 30평 대 아파트 한 채와 자동차 두 대, 은행예금을 합한 금액이었다.

그의 후견인이라 할 수 있는 장석주는 형들의 장례를 치르고 난 후 부동산을 모두 팔아 현금화해서 은행에 넣어놓았다. 그리고 이혁을 시은과 함께 살도록 했다.

시은과 함께하면서 이혁이 자신의 돈을 쓸 일은 없었다. 생활과 임무에 필요한 모든 건 시은이 책임을 졌다.

20억은 작은 돈이 아니다. 매년 은행이자가 붙어 총액이 불어나고 있기 때문에 아껴서 쓰면 평생 먹고살 걱정하지 않아도 된다. 현재는 시은이 그가 필요한 돈을 전부 책임지고 있는 터라 형들의 유산에 손을 댈 일도 없었다.

게다가 이혁은 몸 밖의 물건에 큰 욕심을 내는 성격이 아니었다. 그건 그를 가르친 스승의 영향이 절대적이었다.

스승은 신외지물(身外之物)에 대한 욕심은 무인(武人)이 가장 경계해야 할 것이라고 그에게 가르쳤다.

욕망이 넘쳐나 황금만능주의라는 말까지 나온 현대 자본주의 사회를 살아가는 사람들에게는 도움이 되지 않을 듯한 가르침이지만 이혁은 생활의 기본으로 삼았다.

그렇다고 채현에게 차마 장래 희망 같은 건 없다고 말할 수는 없었다.

채현의 기대에 찬 눈을 보고 있자면 뭐라도 말해줘야 할 것 같은 의무감이 절로 들 지경이었으니까.

생각에 잠겼던 그가 불쑥 말했다.

"경찰이 되고 싶다는 생각을 한 적은 있었다."

"예? 경찰이요?"

채현의 눈이 동그래졌다.

전혀 기대하지 않았던 말이었다.

"그래."

이혁은 덤덤한 표정으로 고개를 끄덕였다.

채현은 자신도 모르게 이혁의 위아래를 훑어보았다.

그녀도 눈이 있고 귀가 있다.

이혁이 전학 온 후 그의 주변에 어떤 일들이 벌어졌는지 모르지 않는 것이다. 그리고 그 일들은 경찰이라는 직업의 정반대 지점에 있는 것들이었다.

놀란 채현의 표정은 상당히 귀여웠다.

하긴 채현은 뭘 해도 예쁘게 보일 수밖에 없는 미모의 소유자이긴 했다.

이혁이 피식 웃으며 말했다.

"훗, 그런 표정 짓지 마라. 나도 내가 그 직업에서 얼마나 멀어졌는지 잘 알고 있으니까."

말투는 평범했지만 내용은 아무렇지도 않게 들어 넘기기 어려운 것이었다. 이런 말을 들은 사람은 표정을 관리해야 하는 것이 예의다.

누가 가르쳐 주지는 않았지만 채현은 놀란 표정을 계속 짓고 있어서는 안 된다는 것을 본능적으로 깨달았다.

채현의 안색이 차분해졌다.

제4장

홍승재가 살고 있는 곳은 현충원을 지나 10여 분을
더 달린 후에 나왔다.

　그의 집은 넓은 마당과 마루가 있는 한옥이었다. 담장
은 1미터도 되지 않을 만큼 낮았고, 현관문은 아예 없었
다.

　마당에 들어선 이혁은 목줄을 하지 않은 두 마리의 백
구가 배를 깔고 누워 있는 걸 볼 수 있었다.

　두 사람을 본 백구들이 벌떡 일어났다.

　혹시 달려드는 거 아닌가 생각하며 이혁이 주의를 기
울였지만 백구들은 짓지 않았다. 대신 채현에게 달려와
혀를 빼물고는 꼬리를 흔들기 바빴다.

"잘들 있었어?"

채현은 백구들의 머리를 쓰다듬으며 걸음을 옮겼다. 개들과 이혁이 그녀의 뒤를 따랐다. 채현은 건물을 돌아 뒤로 갔다.

싱싱한 야채들이 무성하게 자란 30여 평의 텃밭이 시야에 들어왔다.

텃밭에는 밀짚모자를 쓰고 황토색 개량한복을 입은 몸집 좋은 중년인이 쪼그리고 앉아 잡초를 뽑고 있었다.

중년인을 본 채현이 환하게 웃으며 그에게 달려갔다.

"삼촌!"

고개를 돌려 채현을 본 중년인이 손끝으로 밀짚모자를 위로 밀어 올리며 자리에서 일어났다.

그가 채현의 삼촌 홍승재였다.

채현을 본 그도 환하게 웃고 있었다.

"왔구나."

채현은 폴짝 뛰어 홍승재의 품에 안겼다.

"끙차! 이놈 이제 제법 무거워졌구나. 말만 한 놈이 보기만 하면 안기려고 하니 큰일일세그려! 하하하."

홍승재는 밭일을 하던 터라 두 손이 흙투성이였다. 그는 껄껄 웃으며 쇠기둥을 연상시키는 우람한 팔뚝으로 채현을 꽉 끌어안았다.

이혁의 눈빛이 깊어졌다.

사십대 초반으로 보이는 홍승재는 체중이 90킬로는 가볍게 넘고, 키도 이혁과 별 차이가 없는 건장한 체구의 소유자였다. 그의 이마에 패여 있는 굵은 주름 두어 개와 강한 힘이 느껴지는 각지고 큰 눈, 왼뺨에 사선으로 그어져 있는 7센티가량의 흉터에서 평탄하지 않았던 그의 젊은 날을 읽을 수 있었다.

채현을 내려놓은 홍승재의 시선이 이혁에게 닿았다.

두 사람의 시선이 허공의 한 점에서 만났다. 온화하지만 강한 힘이 담긴 홍승재의 눈과 속을 알 수 없을 만큼 깊게 가라앉은 이혁의 눈이.

홍승재의 얼굴에 표정이 떠올랐다.

어리둥절한 것 같기도 하고 놀란 것 같기도 한, 묘한 표정이었다. 하지만 그것은 나타나자마자 바로 사라졌다.

그가 어떤 사람인데 고등학생들 앞에서 속을 드러내 보이겠는가.

그는 싱긋 웃으며 이혁에게 말했다.

"자네가 이혁이라는 친구로군."

이혁은 고개를 숙였다. 남영주와 채현의 삼촌이다. 그다지 내키지 않았지만 이미 여기까지 온 마당이다. 예의를 갖추는 게 옳았다.

"이혁입니다."

홍승재의 눈에 흥미로워하는 듯한 기색이 떠올랐다.

갈무리하고 있는 기세를 겉으로 드러내고 있지 않았지만 그가 겪어온 지난 세월의 무게는 숨기려 한다고 해서 숨길 수 있는 것이 아니어서 그의 앞에 선 사람들은 그가 누구든 저절로 주눅이 들었다.

그런데 이혁에게서는 그런 기색이 전혀 보이지 않았다.

흥미롭지 않을 수 없었다.

그가 말했다.

"점심은 먹고들 왔나?"

"예."

이혁과 채현의 대답에 고개를 끄덕인 홍승재가 말했다.

"그럼 차나 한잔 하자."

홍승재가 앞장서고 이혁과 채현, 그리고 두 마리의 백구가 뒤를 따랐다.

이혁과 채현을 먼저 마루에 올라가게 한 후 홍승재는 부엌으로 갔다. 그리고 직접 사기주전자와 세 개의 잔을 쟁반에 담아 왔다.

채현이 일어나 마루를 내려오려는 것을 손짓을 제지한 홍승재는 섬돌 아래 신발을 벗어놓고 마루로 올라왔다.

안절부절못하며 홍승재가 하는 행동을 지켜보던 채현이 입술을 삐죽거렸다.

"삼촌, 언제쯤 되어야 제게 집안일을 하도록 허락해주실 거예요?"

홍승재는 온화하게 웃으며 말을 받았다.

"내가 늙어 수족을 쓰지 못하게 되는 날이 오면."

"쳇! 그런 날이 오기는 하겠어요?"

이혁이 생각해 봐도 그런 날은 올 것 같지 않았다. 언뜻 보아도 홍승재의 몸은 놀랄 만큼 무섭게 단련되어 있었다. 저런 육체가 늙는다고 수족을 못 쓸 정도로 망가지는 건 상상하기 쉽지 않았다.

홍승재가 이혁에게 물었다.

"차 맛은 아나?"

"모릅니다."

이혁은 간단하게 대답했다.

"아무래도 자네 나이에 차의 맛을 알기를 바라는 건 무리겠지. 다른 음료수가 있었다면 좋았을 테지만 아쉽게도 우리 집에는 차밖에 없다네. 자네가 이해하게."

홍승재의 말을 들은 이혁의 눈에 아련한 빛이 떠돌았다.

홍승재의 말은 그의 스승을 생각나게 하는 것이었다.

돌아가신 그의 스승도 차를 좋아했었다. 하지만 이혁은 차의 쓸쓸한 맛을 별로 좋아하지 않았다.

스승은 그가 차를 마실 때마다 인상을 쓰는 것을 보며 아직 그가 삶의 진정한 깊이를 이해하지 못했기 때문이라며 웃곤 했었다. 차의 맛에 대한 이해는 삶의 깊이에 대한 이해와 비례하는 것이라면서.

상념을 떨친 그는 단도직입적으로 물었다.

"저를 보자고 하신 이유를 알고 싶습니다."

"성격이 급하네그려."

홍승재는 소리 없이 웃으며 차를 한 모금 마셨다.

잔을 내려놓은 그가 입을 열었다.

"자네 촉이 남다르더군. 그래서 자네를 보고자 했네. 영주에게 듣자하니 자네가 움직이는 곳에는……."

그는 눈짓으로 채현을 가리키며 말을 이었다.

"이놈이 실처럼 따라다닌다며? 겸사겸사 이놈도 보고 싶었고 말일세."

채현은 얼굴을 붉히며 고개를 숙였다. 그러면서 조금 이상하다는 눈길로 홍승재와 이혁을 몰래 훔쳐보았다.

홍승재는 이혁에게 말을 놓고 있었지만 함부로 그를 대하고 있지는 않았다. 두 사람 사이에 있는 연령과 경륜의 차이를 생각해 볼 때 홍승재가 이혁을 대하는 태도는 오히려 과하다 싶을 만큼 정중했다.

평소의 홍승재는 자신보다 나이가 어린 사람을 지금처럼 정중하게 대하는 법이 없었다. 그것을 아는 채현에게는 이상한 일이 아닐 수 없었다.

이혁의 미간이 좁아졌다.

홍승재가 말한 촉이 남다르다는 말이 이해가 되지 않았기 때문이다. 잠시 생각에 잠겼던 그가 쓴웃음을 지으며 입을 열었다.

"망치가 주변을 배회하는 걸 알고 계셨군요."

홍승재는 고개를 젖히고 크게 웃었다.

"으하하하하, 대전에서 워해머 편정호를 망치라고 부르는 사람이 있다니! 그가 이 자리에 없는 게 너무 아쉽구만."

웃음을 그친 그가 채현에게 말했다.

"동탁하고 여포와 좀 놀고 있거라. 나는 이 친구와 할 얘기가 있구나."

동탁과 여포는 백구들의 이름이다.

채현이 입술을 삐죽거렸다.

"저도 듣고 싶어요, 삼촌!"

홍승재는 온화한 눈으로 채현을 보며 고개를 저었다.

"사내들 얘기다."

채현은 고집부리지 않고 일어섰다.

그녀는 이혁과 단둘이 이곳까지 온 것만으로도 대만족했다.

알아듣지도 못할 게 뻔한 홍승재의 얘기를 굳이 듣겠다고 고집부려 좋은 분위기를 망칠 필요는 없었다.

마루를 내려간 채현이 백구들에게 뛰어가는 것을 지켜보던 홍승재가 이혁에게 시선을 돌렸다. 그가 말했다.

"역시 자네 감각은 남달라. 내가 던진 한마디로 편정호를 바로 떠올리고. 자네 말이 맞네. 누가 영주 주변을 캐는 것 같아서 좀 지켜보았었네. 정호 동생들이더군. 영주와 또래 학생들만 모르고 있을 뿐 내가 그 아이를 보호하는 건 뒷골목 친구들에게는 비밀이랄 수도 없는 일이라 그들은 곧 나의 존재를 알아차렸네. 그래서 내가 정호를 불렀네."

이혁의 눈이 조금 커졌다.

"직접 말이십니까?"

편정호는 그에게 자신이 직접 홍승재를 만났다는 말은 하지 않았다.

홍승재는 고개를 끄덕였다.

"바로 오더군. 그래서 물어봤네, 왜 영주 주변을 캐냐고. 그랬더니 정호가 자네 얘기를 하더군. 자네 부탁으로 조사를 한 건데 내가 있을 줄은 몰랐다면서 사과를 했다네. 알고 있었다면 그랬을 리 없다는 걸 알기에 사과를 받아주었고. 그런데 자네, 정호를 넉아웃시켰다면서?"

"별 얘기를 다했나 봅니다."

이혁은 떨떠름한 기색을 숨기지 않으며 말했다.

홍승재는 소리 내어 웃었다.

"하하하하, 무척이나 재미있는 얘기였다네. 정호는 십대 후반부터 대전에서 적수가 없다는 평을 들었던 소문난 건달이라네. 물론, 내가 대전에 있었다면 그런 평을 듣지는 못했겠지, 서울에 있었으니까."

홍승재는 어깨를 으쓱하며 말을 이었다.

"아무튼 정호는 자네에게 깨지기 전에는 한 번도 진 적이 없는 친구라네. 최일이 평정한 대전에서 그가 살아남은 이유도 그의 실력 때문일세. 그를 깨려면 자신들도 막대한 피해를 입을 것이 뻔한 터라 손보지 못하고 있는 거거든. 그런 친구가 혀를 내두르는 사람이 있다는데 호기심이 안 생길 수가 있나. 더구나 영주와 관계도 있다 하고."

그의 시선이 마당의 채현을 향했다. 눈가의 미소가 진해졌다.

그가 말했다.

"정호가 다녀간 후 영주를 불렀네. 그리고 자네에 대해 물어봤지. 이런저런 얘기를 하더군. 목로주점 결투라던가… 그 얘기를 할 때는 침을 튀기면서 자네를 칭찬했다네. 채현이 얘기도 나왔고. 호기심이 무럭무럭 생기더군. 그래서 자네를 보자고 한 걸세."

마당에 있는 채현의 귀가 쫑긋거리고 있었다. 귀를 기울이고 있는 것이다. 거리가 멀지 않아서 들리는 말도 있을 터였다. 하지만 언뜻언뜻 고개를 돌리는 그녀의 얼굴에는 답답하다는 기색이 역력했다.

홍승재가 말하는 대부분의 내용은 그녀가 아는 세상

의 것이 아니었다. 알아들을 수가 없는 것이다. 하지만 홍승재나 이혁이나 채현에게 상세한 설명을 해줄 생각은 눈곱만치도 없었다. 그녀가 알아서 도움이 될 만한 것들이 아니었으니까.

이혁이 한층 깊어진 눈빛으로 홍승재를 보며 물었다.

"제가 잘못 생각한 것이 아니라면 단순한 호기심 때문에 저를 부른 건 아니신 것 같습니다."

홍승재의 눈매가 가늘어졌다.

"정호가 자네를 만나면 고등학생이라는 생각이 들지 않을 거라고 장담했었네. 왜 그런 말을 했는지 이제는 이해가 돼."

그는 빈 잔에 차를 따랐다.

쪼로록―

차를 한 모금 입에 물고 지그시 눈을 감은 채 그 향을 음미하던 그가 잔을 내려놓으며 말을 이었다.

"맞네. 텃밭 일구기도 바쁜데 호기심 때문에 자네를 부를 여유가 있겠나. 영주는 내년 2월이면 졸업일세. 그 녀석이 졸업하면 더는 신경을 쓸 일이 없겠다 싶었는데 자네라는 존재가 뜬금없이 전학을 왔어. 그것도 2학년으로 말일세. 영주는 자네가 자기보다 실력이 낮다고 말하더군. 후계자로 점찍은 상우라는 아이는 아예 비교가 안 된다는 말도 덧붙였다네. 자네 솜씨가 그렇게 뛰어나기 때문에 문제가 생길 가능성이 너무 커졌네. 내가 나 몰라라 하며 텃밭이나 일구고 있지 못할 만큼 말일세."

말을 하는 와중에도 홍승재는 시종일관 흥미진진하다는 기색을 숨기지 않으며 이혁을 보고 있었다. 하지만 그 흥미에 담긴 무게는 가벼웠다. 진지하지는 않은 것이다.

쇠파이프와 사시미가 난무하고, 간혹 밀수한 권총과 개조한 장총까지 등장하는 서울의 암흑가에서 산전수전 공중전에 백병전까지 섭렵하며 최고의 전국구 주먹 중 한 명으로 시대를 풍미했던 거물이 그였다.

은퇴해서 고향에 내려온 후 먼 조카뻘인 남영주 때문에 고등학교 주먹들의 일에 관심을 가지게 되었고, 이혁이 등장하면서 그들에게 전보다 강한 흥미를 느낀 건 사실이었다. 하지만 그 이상의 의미는 없었다.

남영주와 이혁을 둘러싼 상황이 아무리 복잡하고 거칠어 보여도 결국 이마에 피도 안 마른 고등학생들 사이에서 벌어지는 일에 불과했으니까.

이혁은 홍승재의 기분을 충분히 이해할 수 있었다. 그래서 홍승재가 그를 마치 동물원의 원숭이를 보는 것처럼 흥미로워하며 바라보는 것에 대해 전혀 불만이 없었다.

홍승재는 이혁을 그저 주먹 실력이 남다르고 뭔가 비밀을 숨긴 고등학생으로만 보았다. 때문에 이혁이 속으로 생각하는 것에 동의하지 않겠지만 그는 알고 있었다.

홍승재와 그는 지향점이 다르긴 해도 살아가는 방식이 비슷한 부류에 속한다는 걸.

그 또한 남영주의 일레븐과 김준범 등이 모여 있는 티엔티의 갈등을 홍승재와 동일한 시선으로 보고 있었으니까.

이혁이 말을 받았다.

"학생들 차원을 벗어난 움직임이 있는 겁니까?"

홍승재의 입가에 진한 미소가 떠올랐다.

"역시 감각이 좋군. 내가 자네를 부른 건 두 가지 이야기를 해주기 위함일세."

"듣겠습니다."

이혁의 대꾸에 고개를 아래위로 끄덕인 홍승재가 말했다.

"신중하게. 티엔티의 배후는 최일의 유성회일세. 이곳은 자네에게 타지야. 영주가 힘을 보태준다고 해도 자네 혼자서 그들을 상대하는 건……."

힐끗 채현을 한번 본 그는 본래 하려던 자살행위란 말을 해서는 안 된다는 것을 즉시 깨달았다.

채현은 눈을 동그랗게 뜨고 알아들을 수 없는 내용의 말을 쏟아내고 있는 그에게 집중하고 있었다.

그는 단어를 살짝 바꾸었다.

"크게 다칠 수도 있네. 자네가 목로주점에서 상대했

던 아이들과 그들을 같은 급으로 생각하지 말게. 그들은 학생이 아닐세. 그리고 최근 대전에 뭐라 말하기 어려운 움직임들이 일어나고 있네."

홍승재의 눈가에 주름이 잡혔다.

"내가 예전 같았다면 벌써 알아봤겠지만 정호에게 얘기를 들었다시피 난 은퇴한 상태일세. 움직임이 있는 건 확실하네만 그들이 누구인지, 무엇을 하고자 하는지는 모르겠네. 사실 크게 관심이 있는 건 아닐세. 내 주변을 어수선하게 만들지 않는다면 개입할 생각도 없고. 하지만 자네는 그들과 얽힐 수도 있네. 알겠나?"

이혁은 바로 고개를 끄덕였다.

움직이는 자들이 누구든 대전에서 활동하다 보면 최일의 유성회와 인연을 맺는 건 필연이다. 그리고 그가 유성회와 얽힌다면 그들과 상면하게 될지도 모르는 것이다.

'움직임… 상산과 태룡이겠지. 이 사람, 역시 보통 사람은 아니다. 누군가 이 사람에게 정보를 주는 것 같지 않은데도 그들의 움직임을 알아차리고 있어…….'

이혁의 눈빛이 한층 깊어졌다.

'이 사람은 아직 최일이 무슨 짓을 하려는지 모르고 있는 것 같다. 상산과 태룡이 유성회와 맺은 관계도. 하지만… 과연 이 사람이 지금처럼 텃밭이나 일구며 한가하게 세월을 보낼 수 있을까? 두고 보면 알겠지.'

이혁이 말했다.

"조언 감사합니다."

"지켜보겠네."

이혁은 흰 이를 드러내며 소리 없이 웃었다.

"재미있으실 겁니다."

그와 홍승재의 눈이 마주쳤다.

이혁의 눈동자 깊은 곳에서 시리도록 서늘한 기운, 정제된 살기가 흘러나왔다. 편정호가 느꼈던 기운이다. 홍승재가 그것을 느끼지 못한다는 건 말이 되지 않는다.

가슴이 덜컥 내려앉은 홍승재의 얼굴에서 순간적으로 미소가 사라졌다. 안색도 살짝 변했다.

'이놈, 평범하지 않다고 생각은 했지만 이건 믿기지 않는군. 이 나이에 의지로 살기를 제어할 수 있단 말인가? 내가 나이 사십을 바라볼 때 간신히 얻은 성취건만, 허……'

이혁을 보기 전부터 그에 대한 홍승재의 평가는 높았다.

그가 대전에서 유일하게 주먹 좀 쓰는 놈이라고 인정하고 있는 편정호가 스스로 하수라 자처하게 만든 사람이 이혁이었으니까.

그가 고등학생이라는 건 별 의미가 없었다.

전설적인 주먹 김두한이 신구마적을 쓰러뜨린 후 종

로를 평정하고 명동의 하야시와 조선의 건달계를 양분했을 때 나이가 열여덟 살이었다.

십대에 고수가 되지 말라는 법은 없는 것이다.

홍승재는 이혁에 대한 자신의 평가가 실제의 그와는 거리가 있다는 것, 그리고 이혁에 대한 평가를 완전히 바꾸어야 한다는 것을 깨달았다.

이혁은 자리에서 일어났다.

"가보겠습니다."

홍승재도 일어났다.

홍승재의 연배와 신분을 생각했을 때 이혁을 일어나 배웅한다는 건 상식에 어긋나도 한참을 어긋나는 행동이었다. 하지만 당사자인 홍승재도 그리고 배웅을 받는 이혁도 이상하다는 생각은 하지 않았다.

그가 말을 받았다.

"운전하고 온 모양인데 채현이도 있으니까 조심하게."

"예."

백구들과 놀던 채현이 뛰어와 이혁의 옆에 섰다.

"삼촌, 얘기 끝나신 거예요?"

들뜬 기색이 완연한 목소리.

홍승재가 한쪽 눈을 찡긋했다.

"이 녀석, 삼촌하고 있는 것보다 이 친구하고 둘이 있는 게 더 좋다는 거냐!"

대번에 속을 읽혀 버린 채현의 볼이 붉어졌다.

"삼촌, 그게 아니고요……."

"아니긴 이놈! 얼굴에 다 쓰여 있구만."

홍승재는 껄껄 웃었다. 그러다가 갑자기 생각난 듯 이혁에게 물었다.

"영주가 그러던데, 자네 퀼트를 배운다고? 사실인가?"

이혁의 얼굴이 일그러졌다.

'으득… 남영주!'

방금 전까지 홍승재의 기세를 아무렇지도 않게 받아넘기던 이혁의 평정이 한순간에 무너졌다.

"사실인가 보군. 거 참 독특한 취미일세. 껄껄껄!"

홍승재는 고개를 젖히고 크게 웃었다.

이혁은 일그러진 얼굴로 목례를 하고 등을 돌렸다.

채현이 바쁘게 그 뒤를 따랐다.

* * *

대전 유성구의 외곽에 있는 8층 건물, 출입구에 광진 주류라는 간판이 걸려 있는 빌딩은 대전의 암흑가를 사실상 일통했다는 평을 듣는 유성회의 근거지였다.

그 건물의 8층 사무실은 일반 업무를 보는 곳과 사장실로 나뉘어져 있었는데, 열 평의 넓은 사장실 안에는 두 사람이 대화를 나누고 있었다.

170센티미터가량의 키에 호리호리한 몸을 회전의자에 파묻고 있는 삼십 중후반의 사내가 유성회의 보스 최일이었고, 그 앞에 서 있는 190센티미터에 110킬로그램이 넘는 삼십대 초반의 거구 사내는 유성회 넘버 투이자 행동대장인 김홍기였다.

금테 안경 속의, 실처럼 가늘게 찢어진 최일의 눈에 차가운 빛이 어렸다.

"일수 놈은 뭐 하고 있나?"

"소량을 판매책들에게 넘겨주며 유통라인을 점검하고 있습니다."

"판매책들 반응은?"

"순도가 90프로가 넘는 크리스탈(순도가 70퍼센트 이상인 최상급 필로폰을 지칭하는 은어)입니다. 환장들 하고 있습니다."

"공장에서는 눈치채지 못했지?"

김홍기의 입가에 미소가 떠올랐다.

"사장님, 태룡회도 본고장인 서울에서나 힘을 쓰지, 대전 바닥은 까막눈이나 마찬가지 아닙니까. 저희가 정보를 통제하면 그들이 무슨 재주로 알 수 있겠습니까. 일수가 그들에게 들킬 거라는 염려는 하지 않으셔도 됩니다."

최일은 고개를 저었다.

"서복만 회장은 맨 몸뚱이 하나만으로 오늘의 태룡을 일궈낸 무서운 사람이야. 방심은 금물이다."

눈빛만큼이나 차가운 목소리였다.

김홍기의 입가에서 미소가 씻은 듯이 가셨다.

"명심하겠습니다."

고개를 숙이는 그의 등 뒤에 식은땀이 솟았다.

몸집만으로 보면 최일은 그의 한 주먹거리도 되지 않을 것 같았지만 그는 최일을 진심으로 두려워했다.

주먹만으로 싸우면 그는 최일을 충분히 이길 수 있었다.

그의 주먹 실력은 전국구에 속했으니까. 그리고 그건 대전 사람이라면 누구나 아는 사실이었다. 하지만 유성회의 보스는 최일이었지, 김홍기가 아니었다. 그걸 이상하다고 생각하는 사람도 없었다.

주먹 실력만으로 한 조직의 보스가 되던 시대는 명동의 사보이호텔에서 끝났다. 그리고 그 이전 시절은 전설이 되었다.

최일은 머리 회전이 빠르고 시세판단이 탁월했으며, 돈을 긁어모으는 데도 일가견이 있었다.

연장질은 달인의 경지에 도달했고, 등 뒤에서 담그는(칼질) 비열한 짓도 눈 하나 깜박이지 않고 해치웠다. 거기에 더해 복부에 칼을 맞고서도 웃으며 상대의 목을 물어뜯는 독종 중의 독종이었다.

대전 암흑가의 인물들이 그를 살모사라고 부르는 데
는 그만한 이유가 있는 것이다.

최일은 손가락으로 책상을 톡톡 두드리며 생각에 잠
겼다가 말문을 열었다.

"일수가 이상하게 생각하는 기색은 없겠지?"

"물론입니다. 그놈은 중책을 맡았다며 좋아하고만 있
습니다."

"단순한 놈. 하긴 그래서 내가 이번 일을 맡긴 것이다
만… 딴 놈들은?"

"사정을 몰라서 그런지 일수를 질투하는 놈들이 몇
있습니다. 일수가 성공하기만 한다면 사장님께서 중용하
실 것 같은 기색을 보이셔서 그런 거 같습니다."

최일은 혀를 찼다.

"죽을 자리를 부러워하는 놈들이라니… 하여튼 애들
단도리 잘해. 크리스탈 건으로 얽히는 놈이 일수 말고
한 놈이라도 더 나오면 안 된다. 그건 마지막까지 일수
가 독단적으로 벌인 일이 되어야 해."

"안 그래도 단도리하고 있습니다, 사장님."

마음이 놓이지 않는 듯 최일이 한 번 더 말했다.

"희생은 일수와 몇 명으로 그쳐야 한다. 쭉정이만 데
리고 서울로 갈 수는 없는 일 아니냐."

"잘 알고 있습니다, 사장님."

김홍기는 결연한 기색으로 대답했다.

"그래, 내가 자네를 믿지 누구를 믿겠나."

가볍게 고개를 끄덕이며 중얼거리던 최일이 생각난 듯 물었다.

"그런데 방 사장이 날 보고 싶어 한다고?"

"예, 뵙고 싶다는 연락이 왔었습니다."

"장사가 안 되나?"

"다이아몬드는 대전에서 최고로 장사가 잘되는 룸살롱 중 하나입니다. 장사 때문은 아닙니다, 사장님."

다이아몬드 룸살롱을 운영하는 방대훈은 김홍기와 동향인 논산 출신으로 그의 고등학교 선배이기도 했다.

"자네는 이유를 아나 보군."

"예, 특별한 게 아니라서 방 사장이 사장님을 뵙고 싶다면서 제게 사정을 얘기해서 알게 되었습니다."

"그럼 자네 선에서 처리하지 왜 내게 가져와?"

"그게… 제 선에서 처리하기 어려운 일이라서요……."

금테안경 속 최일의 눈빛이 서늘해졌다.

유성회 넘버 투인 김홍기의 권한은 작지 않다. 그가 처리할 수 없는 일이라면 간단한 것일 수가 없었다.

"뭔데?"

"홍승재 씨와 관련된 일입니다."

의자에 파묻혀 있던 최일의 등이 곧게 펴졌다.

"홍승재? 방 사장이 홍승재 씨와 얽힐 일이 있었나? 그 양반은 살롱 출입을 하지 않는 사람이잖아?"

"다이아몬드하고 관련된 일은 아닙니다."

"그럼?"

"2년쯤 전인가 홍승재 씨가 저를 부른 적이 있었습니다. 그리고 제가 직접 그분을 뵙고 와서 사정을 보고드렸던 적이 있는데 잊으셨습니까?"

최일은 피식 웃었다.

"내가 무슨 천재라고 2년 전 일을 기억해. 말해봐. 어떤 일이야?"

"예, 홍승재 씨와 직접 얽힌 건 아니고 그의 팔촌 조카인가 하는 녀석하고 방 사장의 아들이 안 좋게 얽혀 있는 모양입니다."

최일은 인상을 썼다.

어렴풋이 들은 기억이 있는 일이었다.

"생각나는군. 그 양반의 팔촌 조카인가 하는 녀석이 사비고에 다닌다면서 애들 일에 개입하지 말고 애들끼리 치고받게 놔둬달라는 부탁이었지?"

"그렇습니다, 사장님."

"흠, 근데 왜? 이제 와서 홍승재 씨의 조카를 방 사장 아들이 손보는 걸 눈감아달라는 거야? 그건 안 된다고 전해. 지금 우리 상황에서 그런 애새끼 일 때문에 오 회장님과 친분이 깊은 홍승재 씨와 반목하는 건 있을 수 없는 일이야."

딱 부러지는 말이다.

김홍기는 손사래를 쳤다.

"아닙니다, 사장님. 그런 일이었다면 제 선에서 방 사장을 설득했을 겁니다."

"그럼?"

"방 사장 아들이 찬일이라는 놈인데요. 그놈이 방 사장을 조르고 있나 봅니다. 그런데 그 대상이 홍승재 씨의 조카가 아니고 같은 학교에 전학 온 이혁이라는 놈이랍니다."

최일은 눈살을 찌푸렸다.

"전학?"

"예, 봄에 서울에서 온 놈이라더군요."

"홍승재 씨의 조카가 아니라면, 그런 일은 자네가 알아서 하면 되지 않나? 왜 나를 보려고 하는 거야?"

"그게… 이혁이라는 놈의 솜씨가 찬일이와 친구들의 능력으로는 어찌해 볼 엄두를 내기 어려울 정도인가 봅니다. 맨손으로 칼 든 놈 셋을 작살냈답니다. 비록 상대한 놈들이 스물 정도밖에 안 된 애들이긴 하지만 그래도 학생 때는 서울에서 날렸다는 애들을요."

"칼 든 애 셋을 혼자서?"

최일의 눈빛이 차가워졌다.

김홍기는 머리를 주억거렸다.

"사실입니다. 방 사장과 통화 후에 애들 풀어서 좀 알아봤더니 대전 학생들 사이에서는 아주 유명하더군요. 미친개의 목로주점 결투라고 제목도 붙어 있었습니다."

"사실이라면 범상한 솜씨가 아닌데, 그런 놈이 학생이라고?"

"2학년입니다."

"허!"

최일은 낮은 탄성을 토했다.

영화에서야 장난처럼 쉬운 일이지만 현실에서 칼 든 상대 셋을 혼자 쓰러뜨리는 건 웬만한 실력으로는 엄두도 못 낼 일이다. 일대일도 어렵다.

칼이라는 물건이 코앞에서 살기를 뿌리면 그것이 부엌칼이라도 사람은 몸이 굳는다. 잘못 찔리면 한 방에 훅 날아가 명부전에 이름을 등록할 수 있다는 걸 알기 때문이다. 그래서 칼 든 상대를 쓰러뜨릴 정도의 실력에는 당연히 경험도 포함된다. 혼자 수련한 솜씨가 아무리 좋아도 경험이 없다면 칼을 든 상대를 쓰러뜨리는 건 상상하기조차 어려운 일이다.

"과거가 의심스러운 놈이군. 그런데, 고2가 과거랄

만한 걸 가질 수나 있는 나이던가?"

"아직 그것까지는 파악하지 못했지만 범생이었던 놈이 아닌 것 분명합니다."

"그렇겠지."

낮은 목소리로 김홍기의 말을 받은 최일이 불쑥 물었다.

"그런데 미친개는 뭐야?"

최일이 묻자 김홍기가 씨익 웃었다.

"그 이혁이라는 놈의 별명이랍니다."

"후훗."

최일도 낮게 웃었다.

웃음을 멈춘 그가 정색을 하고 말했다.

"방 사장도 자기가 데리고 있는 애들만으로 그놈을 처리하는 건 어렵다고 생각한 모양이군. 그래서 우리에게 부탁한 것이고. 그런데 자네는 상관없어 보이는 홍승재 씨를 언급하고⋯⋯."

김홍기는 침묵했다.

혼자 중얼거리듯이 말을 하는 건 최일이 생각을 정리하고 있다는 뜻이었다. 그때는 방해하지 말아야 한다.

이건 유성회 조직원이라면 누구나 다 알고 있는 불문율이었다.

최일의 말이 이어졌다.

"그 이혁이라는 꼬마를 우리 애들이 손보면⋯ 홍승재

씨의 조카가 가만있지 않을 정도로 둘이 친한 거로구만. 그 조카가 나서면 홍승재 씨도 나설 수밖에 없으니 그 양반에 관한 문제는 나더러 맡아서 처리해 달라, 이런 말인가?"

김홍기는 감탄하며 고개를 끄덕였다.

"역시 사장님이십니다. 제가 상세하게 말씀드릴 필요도 없군요. 사장님께서 말씀하신 그대로입니다. 이혁이야 애들이 손보면 됩니다. 홍승재 씨만 사장님께서 맡아 주십시오."

"흠……."

최일은 팔짱을 꼈다.

"방 사장네 가게에 들어가 있는 우리 애들이 몇이지?"

"상근이가 영업부장을 하고 있고… 규식이, 희준이… 한 예닐곱 명 정도 되는 거 같습니다."

"홍승재 씨 조카가 직접 관련되어 있지 않은 이상 모른 척하기는 어려운 숫자로군."

"그렇긴 합니다. 그래서 이혁이라는 놈에 대해서 제가 좀 알아본 것이기도 하구요."

"쓸 만한 애들이 있나?"

앞뒤 잘라 먹은 말이지만 이 정도를 알아듣지 못해서야 조직 내 2인자의 자리까지 올라올 수도 없다.

김홍기는 망설이지 않고 말을 받았다.

"회에 들어오고 싶어 하는 스물 전후 나이의 애들 중에 골라보겠습니다."

"숫자도 신경 좀 쓰고."

"예, 만약을 대비해서 열대여섯 정도를 투입하려 합니다. 충분할 겁니다."

"알았어. 그건 자네가 알아서 해. 오늘 밤은 다이아몬드에 가서 한잔하도록 하지."

김홍기의 얼굴이 환해졌다.

"예, 사장님. 준비해 놓으라고 전하겠습니다."

최일은 고개를 끄덕였다.

허리를 90도로 꺾어 인사를 한 김홍기가 방을 나갔다.

최일의 눈이 가늘어졌다. 가뜩이나 가는 눈이라 그의 눈은 마치 감긴 것처럼 보였다. 생각에 잠길 때 나타나는 그의 습관이었다.

제5장

"이 형사님, 잠깐 좀 봅시다."

모니터 뒤에서 들려온 굵은 목소리에 이수하는 고개를 들었다.

그녀의 눈 아래엔 짙은 다크서클이 생겨나 있었다. 출근 직후부터 저녁식사를 하고 나서 두 시간이나 지난 지금까지 한참 밀려 있던 발생보고들에, 수백 장의 수사보고를 쳐서 붙이는 가혹한(?) 중노동에 시달린 결과가 그것이었다.

이수하도 자신의 몰골이 어떤지 잘 알고 있었다.

그녀는 손가락으로 자신의 눈밑과 책상 위에 30센티미터 높이로 쌓여 있는 서류뭉치를 번갈아 가리키며 말했다.

"안 보여요?"

"쯧쯧, 보입니다."

폭력팀에서만 10여 년째인 베테랑 형사 김민호 경사는 혀를 차며 대답했다.

"그러면서도 보자고요?"

"예. 아무래도 이 형사님이 알아두셔야 할 것 같은 게 있어서 말입니다."

이수하는 인상을 쓰며 일어났다.

김민호는 그녀보다 10여 년 연상이고 형사도 고참이다. 계급이 깡패라고 그녀가 경사인 김민호보다 한 계급이 위긴 하지만 막 대할 수는 없는 상대였다. 그리고 막 대할 이유도 없었다. 이수하가 형사계 처음 들어왔을 때 그녀에게 일을 가르친 사람이 김민호이었다. 둘은 경찰서 내에 소문난 절친이었다.

휴게실 자판기에서 커피를 두 잔 뺀 김민호가 한 잔을 이수하에게 건넸다.

"이번에 새로 부임한 과장새끼 꼴통이란 거 오빠도 알잖아. 그 새끼가 묵힌 발생보고들 빨리 종결시키라고 개지랄 떨고 있어."

발생보고는 중부서 산하의 지구대와 파출소에서 범인을 잡을 수 없어 형사과에 보고한 사건 서류들을 말한다.

"폭력팀이야 발생보고 올라온 거 많지 않아 여유가

있겠지만 우리는 입장이 다르다고. 과자봉지 두 개 훔쳐 간 것까지 발생보고 되는 세상이라고. 일이 산더미야."

이수하는 잔을 받자마자 짜증부터 냈다. 사무실에서는 김민호에게 존대를 한 그녀였지만 휴게실로 오자 말투가 변해 있었다.

김민호가 뜨악한 눈으로 이수하를 보았다.

'꼴통으로 치면 과장이 너한테 비교나 될 수 있겠냐!'

하지만 입 밖으로 내뱉을 수 없는 말이었다.

이수하가 찔통을 부리기 시작하면 뒷감당이 안 된다는 걸 다른 어떤 사람보다도 잘 아는 사람이 그였다.

이수하의 짜증이 계속되었다.

"무슨 일로 부른 거야, 오빠? 시원찮은 걸로 부른 거면 가만 안 둘 거야."

김민호는 의자에 앉으며 말을 받았다.

"그 성질머리 좀 어떻게 해라. 최 팀장님이 불쌍하지도 않냐? 너 때문에 그 양반 머리가 조만간 백발이 될 거라고 직원들이 뒤에서 수군거리는 소리 안 들리냐?"

"흥, 안 들려."

이수하는 코웃음 치며 고개를 획 돌렸다.

"어이쿠, 그러셔?"

김민호는 강짜 부리는 여동생을 보는 듯한 시선으로 이수하를 보며 연신 혀를 찼다.

일을 가르쳐 준 관계를 떠나 두 사람은 동네 선후배였다. 코흘리개였던 이수하를 업고 골목길을 누비던 사람이 김민호이다. 그런 두 사람이었기에 사석에서는 계급을 따지지 않았다.

김민호는 손으로 자신의 옆의자를 툭툭 쳤다. 앉으라는 뜻이다.

이수하가 앉으며 물었다.

"오빠, 나 진짜 바빠. 무슨 일이야?"

김민호가 눈살을 찌푸리며 말을 받았다.

"너, 이혁이라는 고등학생 알지?"

"이혁? 알아. 근데 왜?"

이수하는 어리둥절한 얼굴로 되물었다.

김민호가 말했다.

"시내 애들한테서 이상한 얘기를 들어서 말이야. 그 얘기 중에 이혁이라는 이름이 언급되었는데 아무래도 그 이혁이 너와 함께 도둑놈들을 잡았던 개 같아서……."

이수하와 함께 박대복과 민영구를 잡은 이혁의 이름을 아는 형사들은 많았다. 재미있는 이야깃거리였기 때문이다.

그때까지 짜증 반 멍 반이던 이수하의 안색이 진지해졌다.

폭력팀 형사인 김민호가 시내 애들이라고 칭하는 대

상은 대전의 조직폭력배나 유흥가에 심어놓은 정보원을 뜻한다. 그가 얘기를 들었다는 건 그들에게서 정보를 수집했다는 것이고.

요약하면 정보원에게서 얻은 정보 중에 이혁과 관련이 있는 부분이 있다는 얘기였다.

"어떤 내용인데?"

"그게 좀 복잡한데 다이아몬드 룸살롱의 방 사장이 최일을 만난 직후에 김홍기가 밑에 애들 몇한테 어떤 놈 좀 손을 보라고 시킨 모양이야. 그 어떤 놈 이름이 이혁이고."

이수하의 얼굴이 굳어졌다.

김민호가 언급한 자들을 그녀도 안다.

대전에 근무하는 형사들 중에 유성회 보스 최일과 행동대장 김홍기를 모르는 형사는 있을 수 없다. 폭력팀과 강력팀, 당직팀 상관없이 그런 형사가 있다면 그건 간첩이다. 다이아몬드 룸살롱 사장인 방대훈이야 모르는 형사가 있을 수 있지만.

"믿을 만한 거야?"

"설익은 걸 너한테까지 말하겠냐."

김민호는 주위를 슬쩍 살펴보고는 목소리를 낮췄다.

"신빙성 백프로다. 다이아몬드에서 나온 거거든. 방사장이 하는 말을 직접 들은 애가 말해준 거라고."

"폭력팀에서는 어쩌려고?"

"그게 고민이다."

김민호는 이맛살을 찌푸리며 말을 이었다.

"유성회에 가입하고 싶어 하는 놈들 중에서 솜씨 좋은 애들을 동원하는 거 같기는 한데 계보에 있는 놈들을 쓰는 건 아닌 거 같아."

"단순폭력사건으로 가겠다는 거로군."

"그렇게 봐야겠지."

"김홍기는 드러나지 않겠고?"

"당연히. 김홍기가 누군데 직접 지시를 했겠냐. 몇 다리 건너서 꼬맹이를 시켰을 거다. 그 꼬맹이가 애들을 모아 실행에 옮길 거고."

"씨벌새끼들 잔대가리 굴리는 소리가 여기까지 들리네!"

이수하는 작게 욕을 했다.

경찰은 조직폭력배들의 계보도를 만들어서 관리한다. 그리고 조폭계보에 등재되는 자들은 대부분 폭력행위등처벌에관한법률 제4조로 처벌받은 전력이 있는 자들이다. 흔히 폭처법 4조라 불리는 것은 범죄단체조직, 가입, 활동을 처벌하는 조항이다.

문제는 조폭계보에 등재되어 있지 않은 자들이 민간인을 폭행했을 때 이들을 4조로 처벌하기 어렵다는 것이다. 경찰에서 4조로 의율해도 검찰에서 공소장이 바뀌기 십상이다. 계보에 없으면 재판에서 유죄판결을 받아내기가 어렵기 때문이다.

계보에 등재되지 않은 자들이 4조로 처벌받는 건 대부분 범죄단체에 가입했다는 증거가 드러난 경우다. 폭력만으로 그런 자들을 4조로 처벌한 전례는 극히 드물다.

유성회 행동대장인 김홍기가 지시를 했다고 해도 실제 힘을 쓴 자들이 그의 지시를 받았다는 것을 경찰이 입증하지 못하는 한 김홍기를 처벌할 수는 없다. 행동에 옮기는 자들은 김홍기의 얼굴조차 보지 못했을 게 뻔했다. 설령 그의 얼굴을 보았다고 해도 그가 직접 지시를 내렸다는 걸 순순히 자백할 자는 없다. 그것을 자백하는 순간 4조로 처벌받는 건 둘째 문제고 유성회의 보복을 피할 수 없을 것이기 때문이다.

김민호가 이수하에게 말했다.

"그 얘기 듣고 이혁에 대해 알아봤다. 애들 사이에서는 꽤 유명하더라."

이수하는 고개를 끄덕였다.

"목로주점 건 때문에 한창 유명세를 타고 있어."

"너를 도와준 것도 그렇고, 그 목로주점 결투인가 뭔가하는 일장 활극도 벌이고… 주먹질에 일가견이 있는 애같기는 하다만… 모난 돌이 정 맞는다고, 좋지 않아. 방 사장이 왜 그런지는 모르겠지만 유성회에까지 부탁한 걸 보면 단단히 작정한 모양이다. 정말 조심하라고 전해라."

"디데이는?"

"몰라, 이혁이 목표라는 거 외에는."

"빌어먹을."

이수하의 안색이 어두워졌다.

"폭력팀에서는 작업 안 할 거야?"

김민호는 고개를 저었다.

"우리 팀이 움직이기에는 목표가 너무 부실해. 너도 알겠지만 김홍기나 최일을 잡을 만한 건수가 아니야. 고딩 하나 손보기 위해 김홍기와 최일이 움직였다는 걸 믿을 검사나 판사가 있겠냐? 정보원한테 처음 이 얘기를 들었을 때 나도 잘 믿어지지 않았는데."

"증거를 확보하면 못할 게 뭐 있어?"

"너 말 참 쉽게 한다. 그놈의 증거가 하늘에서 장마처럼 떨어지는 거냐? 설령 증거를 확보한다 해도 마찬가지야. 김홍기나 최일이 이런 사소한 일에 걸려들 놈들이냐? 밑에 놈 아무나 대신 학교 다녀오라고 용돈이나 쥐어주면 끝날 일에 불과해."

이수하가 눈을 치켜떴다.

"뭐야 그럼! 지금 나보고 이혁을 보호하라고 일을 떠넘기겠다는 거잖아!"

김민호는 어깨를 으쓱했다.

"단순폭력사건은 강력팀에서 취급해야 하는 게 맞잖냐."

"그런 게 어딨어!"

"어디에 있긴! 업무분장표에 있지. 경찰은 국민의 생명과 신체를 보호해야 한다고 경찰관직무집행법에도 나와 있다. 이혁을 유성회의 마수에서 보호해야 하는 중차대하기 이를 데 없는 임무를 네게 부여하마. 잘해봐라. 난 간다."

김민호는 재빨리 자리에서 일어났다.

곁눈질로 힐끔 본 이수하는 그를 쫓아 일어나지 않았다.

어이없다며 투덜대던 말투와 달리 그녀는 미간을 좁힌 채 생각에 잠겨 있었다.

'자식, 모른다면 모를까 듣고서 모른 척하는 건 죽어도 못하는 성격이니 잘하겠지. 어쨌든 난 네 덕분에 우리 팀장님 고민 하나를 줄였다. 그 양반이 이거 너한테 잘 넘기면 저녁밥 사기로 했거든. 잘 얻어먹을게. 고맙다, 수하야.'

이수하와 이혁의 관계는 두 사람만이 아는 비밀(?)이다. 그들의 관계를 잘 알지 못하는 김민호는 휘적휘적 폭력팀 사무실 쪽으로 사라졌다.

인상을 잔뜩 쓰고 생각에 잠겼던 이수하는 핸드폰을

꺼내어 번호를 눌렀다.

신호는 오래갔다. 하지만 상대는 전화를 받지 않았다.

이수하의 얼굴이 붉게 달아올랐다.

열이 받은 것이다.

"이 고딩 자식은 뭐가 그리 바빠 전화도 안 받는 거야! 뒤통수로 쇠파이프가 날아들지도 모르는 판국에!"

광분한 이수하의 찢어질 듯한 고성이 휴게실을 울렸다.

휴게실로 들어오려던 경찰관들이 흠칫하더니 슬그머니 걸음을 돌렸다.

이수하가 광분할 때 옆에 있으면 벼락을 맞을 확률이 극단적으로 높아진다. 이건 경찰서에 공인된 사실이었다.

*　　　*　　　*

"누가 내 욕을 하고 있나? 왜 이렇게 귀가 따가워?"

이혁은 손가락으로 귀를 후볐다.

그는 야간 자율학습이 끝난 후 교문에서 자신을 기다리고 있는 채현과 미지를 피해 뒷담을 넘어 도주하고 있는 중이었다. 도망자치고는 여유가 흘러넘칠 것 같은 걸음걸이긴 했지만.

'덕성이 자식이 잘 가드하겠지.'

채현과 미지를 하숙집까지 경호하는 건 장덕성에게

맡겼다. 아무래도 골목길이 너무 어두운 게 마음에 걸려서였다.

채현과 미지가 하숙집으로 오고 난 후 특별한 일이 없는 한 그는 그녀들과 함께 귀가해 왔다. 하지만 지난 주말 홍승재를 만나고 온 후 그는 채현과 함께 있는 걸 최대한 피하기 위해 노력하고 있다.

그에게 다가서는 채현의 마음이 부담스러워서였다. 둔한 그조차 느낄 수 있을 정도로 채현의 행동은 점점 대담해지고 있다.

사비고를 둘러싸고 있는 주택가를 벗어나자 왕복 4차선의 대로가 나왔다.

걸음을 옮기던 이혁은 생각난 듯 가방을 뒤졌다. 그가 꺼낸 것은 이수하가 그에게 준 휴대폰이었다. 액정에 찍힌 부재 중 전화가 보였다. 횟수가 다섯 번이나 됐다.

전화를 할 사람은 한 명뿐이다.

이혁은 인상을 썼다.

가방에서 여러 차례 드르륵거리는 느낌이 있었지만 일부러 받지 않았다. 요즘 이수하의 얼굴만 떠올려도 기분이 묘해지곤 했다. 그녀의 목소리를 들으면 그 묘한 느낌이 더 강해질 게 뻔해서 피한 것이다.

'쩝, 이 형사가 짜증 제대로 내겠군.'

전화를 왜 하지 않았느냐며 불길이 이글거리는 듯한

눈으로 자신을 바라보던 이수하를 떠올린 이혁은 부르르 어깨를 떨었다. 이상하게 무관심해지지 않는 여자였다.

이혁은 머리를 저어 잡념을 떨치고 버스정류장이 있는 방향으로 걸음을 옮겼다. 걸어가던 그의 눈 깊은 곳에 차가운 빛이 스쳐 지나갔다.

'어떤 놈들이지?'

그는 거리 곳곳에서 자신을 주시하고 있는 여러 개의 눈길을 느낄 수 있었다. 시선의 각도를 생각하며 슬쩍 훑어보자 골목입구와 가로등에 등을 기대고 있는 두 명의 사내를 발견할 수 있었다.

그들은 이혁을 주목하고 있지 않은 척 딴짓하고 있었다. 하지만 이혁에게는 소용없는 짓이었다.

이혁은 집중해서 자신을 지켜보는 자가 있으면 그가 어디에 숨어 있든 찾아낼 수 있는 능력이 있었다.

그가 익힌 것들은 몸을 숨긴 채 움직이는 수법들 가운데서도 최고에 속했다. 입문도 어려웠지만 그것을 넘어 일정한 성취를 얻는 건 말로 표현할 수 없을 만큼 힘들었다. 그런 사문의 절기들을, 스승을 놀라게 할 수준까지 익힌 사람이 그였다.

그에 비하면 지금 그를 보고 있는 시선의 주인들은 하품이 나올 정도로 어설펐다. 훈련을 받지 않은 자들이었다. 그런 자들을 찾아내는 건 그에게 숨 쉬는 것보다 쉬운 일이었다.

그는 눈살을 찌푸렸다.

저들의 목적이 그라는 건 의심할 여지가 없었다. 하지만 대전에서 조직적으로 그를 감시하는 자들이 누구인지 쉽게 짐작이 가지 않았다.

잠시 생각에 잠겼던 이혁의 입가에 쓴웃음이 떠올랐다. 대충이나마 상대의 정체를 파악한 것이다.

'누나, 휴가 보내준다며? 아무리 생각해도 여기 휴가 온 거 같지가 않아.'

시은이 들을 수 없다는 걸 알면서도 이혁은 속으로 투덜거렸다.

이혁은 버스정류장을 그냥 지나쳤다. 오 여사의 하숙집이 있는 곳은 한적한 주택가였다. 상대는 일을 치르는 장소로 그곳을 더 선호할 테지만 그는 자신이 사는 곳에서 소란을 피우고 싶지 않았다.

이혁은 상대가 어떻게 나오나 시험해 보기로 했다. 그는 지나가는 빈 택시를 세우고 조수석에 올라탔다.

"아저씨, 이 근처에 사람들이 잘 다니지 않는 곳이 있습니까?"

택시기사는 머리가 반쯤 허옇게 변한 오십대 중반의 사내였다.

이혁의 질문을 받은 그는 눈살을 찌푸리며 이혁을 아

래위로 훑어보았다. 택시기사들이 가장 싫어하는 손님의 유형 중 하나가 목적지를 불분명하게 대는 자들이다.

달가워하지 않는 기색의 택시기사를 본 이혁은 호주머니에서 만 원짜리 한 장을 꺼내어 기사에게 건넸다.

"아저씨, 아무 데나 한적한 곳에만 내려주시면 됩니다. 거스름돈은 필요 없습니다."

택시기사의 얼굴에 미소가 번졌다.

마침 그는 이혁이 원하는 장소를 알고 있었다. 미터기로 4천 원밖에 나오지 않는 거리에 있는 곳이었다. 6천 원의 공돈이 생기는 일이다. 내켜하지 않았던 처음의 마음은 온데간데없이 사라졌다.

"알았다. 5분 정도 가면 네가 말한 곳이 있다."

택시기사는 거리낌 없이 반말을 했다. 가방을 들고 교복을 입은 학생이 손님이었다. 소비자권익 운운하는 단체에서 봤다면 곱지 않은 시선을 던졌겠지만 지방에서야 이상할 게 하나도 없는 일이다.

"감사합니다."

이혁은 입을 다물었다.

그를 지켜보던 자들이 골목과 가로등 뒤에서 허둥지둥 튀어나오는 것이 보였다.

골목에 숨어 있던 자가 지나가던 택시를 세우는 동안 가로등에 기대 있던 자는 급하게 휴대폰을 꺼내 누군가와 통화를 시작했다.

이혁을 태운 택시가 출발했다.

직진과 좌우회전을 반복하며 달리던 택시가 왕복 2차선 도로에 접어든 후 주변의 건물과 차량들이 빠른 속도로 줄어들었다. 방향은 대청호가 있는 쪽이었다. 기사가 자신했던 대로 한적한 곳으로 가는 듯했다.

그는 알지 못했지만 택시는 가양비래공원과 가까워지고 있었다.

가끔 조수석 사이드미러에 한 번씩 시선을 줄 뿐 정면만 주시하고 있던 이혁은 눈살을 찌푸리며 귀를 기울였다.

와우우웅―

아련하게 들려오는 날카롭고 거친 배기음.

이혁은 어렵지 않게 소리의 정체를 알아차렸다.

'바이크? 한두 대가 아니군.'

그의 귀에 거슬리는 소음을 우겨넣고 있는 것들의 정체는 바이크였다.

그가 눈살을 찌푸리고 1분도 지나지 않아 택시의 뒤에는 열 대가 넘는 바이크가 따라붙었다.

뒤에서 들려오는 굉음에 고개를 갸웃하며 백미러를 쳐다본 택시기사의 안색이 파랗게 질렸다.

빠르게 접근해 오는 헤드라이트 불빛의 수가 너무 많은 데다 가로등 불빛 아래 드러난 바이크들은 배달용

50이나 100cc짜리들이 아닌 125cc 이상의 배기량을 가진 것들이었다. 게다가 그 위에 타고 있는 사람들은 헬멧과 복장이 모두 검었고, 손잡이 부분을 흰 천으로 휘감은 쇠파이프를 들고 있었다.

그런 자들의 무리를 보고 평범한 택시기사가 공포를 느끼지 않는다면 그게 더 이상한 상황이었다.

택시와 거리를 10미터가량으로 좁힌 바이크들이 세 무리로 나뉘었다.

하나는 계속 택시의 뒤에 붙었고, 둘은 택시의 좌우로 붙었다. 한 무리의 숫자가 네다섯은 충분히 되었다.

이혁은 택시기사에게 고개를 돌렸다.

그의 얼굴은 무표정했다.

두려움은 물론이고 크게 관심도 없다는 얼굴이었다.

그가 말했다.

"아저씨."

"어. 어. 왜 그러냐?"

바짝 얼어 입술이 잘 떨어지지 않는 듯 택시기사는 더듬거리며 말을 받았다.

"저들이 노리는 건 접니다. 제가 택시 밖으로 나가면 아저씨는 뒤돌아보지 마시고 그대로 달려가십시오. 저만 내리면 저들은 아저씨를 뒤쫓지 않을 겁니다."

택시기사의 눈이 빛났다.

"정말이냐?"

"이 상황에서 빈말을 하겠습니까."

"알았다. 그럼 내려라."

말과 함께 대뜸 택시를 세우려는 기사를 이혁이 손을 들어 막았다.

"지금 차를 세우면 아저씨도 저들에게 피해를 입습니다. 그냥 달리십시오. 제가 알아서 내리겠습니다."

"그게 무슨 소리냐?"

기사는 평범한 사람이었다.

시속 60킬로미터가 넘는 속도로 달리고 있는 차에서 내리겠다고 말하는 이혁이 이해될 리가 없었다. 하지만 이혁은 그에게 부연설명을 해줄 필요를 전혀 느끼지 못했다.

"그냥 달리십시오. 나머지는 제가 알아서 합니다."

이혁은 입을 꾹 다물었다.

택시기사는 불안해하면서도 한시름 놓았다는 표정이 되었다. 그리고 운전을 하면서도 쉴 새 없이 이혁을 곁눈질했다.

어떤 방법으로 택시에서 내릴지 알 수는 없었지만 빨리 그가 내렸으면 하는 기색을 숨기지 못하는 표정이었다.

바이크 한 대가 조수석 쪽으로 접근해 왔다, 왼손에 든 쇠파이프를 높게 쳐들고. 가로등 불빛이 닿은 쇠파이프의 끝이 검푸르게 빛났다.

이혁을 힐끔거리다가 창문 밖에서 벌어지고 있는 광경까지 보게 된 택시기사의 안색이 누렇게 질렸다.

비명이 절로 나왔다.

"허억!"

운전대를 잡은 기사의 손이 사시나무처럼 떨리고 있었다.

이혁은 속으로 한숨을 내쉬었다.

그는 택시에서 빨리 내려야 할 필요를 강하게 느꼈다. 바이크를 탄 자들이 그를 어떻게 하기 전에 교통사고부터 피해야 할 것 같았기 때문이다.

그는 창문을 내렸다.

콰우우우우웅―

십여 대의 바이크 엔진이 내는, 귀청이 떨어질 것만 같은 굉음이 차의 실내로 여과 없이 유입되었다.

창문이 불쑥 내려가자 옆에 붙어 막 쇠파이프로 창문을 내려찍으려던 자는 멈칫하며 헬멧 속의 눈을 크게 떴다.

쇠파이프를 든 적이 코앞까지 쇄도한 상태다.

창가에서 떨어지려 하는 게 아니라 오히려 창문을 내리고 그 적을 쳐다보는 상대를 그는 만나본 적이 없었다.

크게 뜬 그의 두 눈과 비스듬히 올려다보는 이혁의 무심한 눈동자가 부딪쳤다.

놀라기는 했지만 손을 쓰려던 참이 아닌가.

그는 그대로 쇠파이프를 짧게 내려쳤다. 목표는 이혁의 이마였다.

이혁의 입가에 흐릿한 미소가 떠올랐다.

바이크를 탄 자는 그 미소에 어떤 의미가 담겨 있는지 해석을 할 수가 없었다. 그가 어찌 알겠는가, 그 미소에 담긴 의미를.

그건, 비웃음이었다.

이혁의 오른손이 창턱을 잡았다. 그리고 왼손은 햇빛 가리개가 달려 있는 윗창턱을 잡았다.

그 뒤에 이어진 상황은 쇠파이프를 휘두른 당사자도 뭐가 어떻게 된 건지 이해할 수 없는 것이었다.

이혁의 몸이 창문 밖으로 불쑥 튀어나왔던 것이다, 그 것도 두 다리부터.

이혁의 움직임은 상상을 초월할 정도로 빨랐다. 쇠파이프가 창가에 접근하기 전에 이미 그의 두 다리는 가슴을 지나 차창의 아래 위를 잡은 두 팔 사이를 빠져나갔다.

그의 왼발 앞 끝이 쇠파이프를 차올렸다. 그의 움직임은 멈춤이 없었다. 위로 들린 쇠파이프 밑을 지난 왼발 뒤축이 무방비 상태인 사내의 옆구리를 찍었다. 동시에 오른발 앞축이 헬멧의 뒤통수를 강타했다.

퍽! 우드득!

갈비뼈 여러 대가 함께 부러지는 소리가 났다.

쾅! 콰득!

연이어 헬멧이 부서지는 굉음과 목뼈가 어긋나는 기괴한 소리가 합창하듯 울려 퍼졌다.

비명 소리는 나지 않았다.

강력한 측면 타격을 받은 헬멧 사내의 몸이 공중에 떴다. 빈자리는 어느새 택시를 빠져나온 이혁이 차지했다.

그 뒤에 헬멧 사내가 도로에 떨어져 굴렀다.

털썩!

택시기사는 이혁이 차창으로 빠져나가는 것을 보았다. 그는 반쯤 넋을 잃었다가 바이크에 탄 이혁과 눈이 마주치자 정신이 번쩍 났다.

액셀을 한계까지 받은 택시가 미친 듯이 달려나갔다.

바이크들은 택시를 쫓지 않았다.

예상대로 그들의 목표는 이혁이었기 때문이다.

주변을 돌아본 이혁은 흰 이를 드러내며 소리 없이 웃었다.

그사이에 그가 탄 바이크는 100여 미터를 전진했고, 좌우와 뒤는 십여 대의 바이크로 포위되어 있었다.

이혁은 클러치를 밟으며 스로틀 그립을 끝까지 당겼다.

와아아아아앙-!

이혁은 눈살을 찡그렸다.

배기량이라고 해봤자 고작 125 cc에 불과한 바이크였기에 배기음이 귀에 거슬린 것이다. 하지만 그에게 지금 필요한 건 엔진 소리가 아니라 속도였다.

　앞바퀴가 번쩍 들린 이혁의 바이크가 총알처럼 앞으로 튀어나갔다.

　헬멧 사내들의 입이 쩍 벌어졌다. 누군가의 입에서 어이없어하는 기색이 역력한 목소리가 흘러나왔다.

　"이 상황에서 국산 125 cc로 윌리를? 저 새끼 완존 미친놈인데?"

　"별명이 미친개라잖냐!"

　"미친개든 미친놈이든 우리는 저 새끼를 때려잡기만 하면 돼!"

　"야, 그래도 달리는 와중에 윌리하는 거 보면 바이크는 제대로 타는 놈이다."

　사실 이혁이 펼친 걸 제대로 타는 정도라 말하면 극심한 저평가다. 바이크에 인생을 건 프로선수들도 이 상황에서 한 치의 실수도 없이 윌리를 펼치기는 쉽지 않다, 더구나 125 cc의 양산형 바이크로는.

　"그래, 제대로 타는 놈 한번 잡아보자고!"

　휙휙휙!

　휘파람 소리가 여기저기서 났다.

　"미친개 잡으러 가자!"

"야호!"

시끄러운 환호성이 터지며 10여 대의 바이크가 내는 굉음이 도로를 메웠다.

와우우우우웅—

테일램프의 붉은 빛이 반딧불 같은 꼬리를 달고 도로를 치달렸다.

그들이 떠난 자리엔 죽었는지 살았는지 알 수 없는 헬멧사내 한 명만이 도로에 널브러져 있을 뿐이었다.

동료로 보이던 자들은 그의 상태가 어떤지 아무런 관심도 보이지 않았다.

그럴 수밖에 없는 것이 그들은 이혁을 박살(?) 내는 한 가지 목적을 위해 모였지만 예전부터 친하게 지내던 사이가 아니었다. 나름 동네에서 주먹으로 한 가닥 한다는 자들을 유성회가 긁어모아 급조한 조직이 그들이었다.

뒤가 시끄러웠지만 이혁은 뒤에서 무슨 일이 벌어지는지 알 수도 없고, 알고 싶지도 않았다. 그는 무서운 속도로 바이크를 모는 데 집중했다.

직진하면 대청호였다.

이 시간에 대청호 근방은 사람이 드물다. 가본 적은 없지만 그 정도 기본 지식은 있었기에 그는 망설이지 않고 스로틀 그립을 당겼다.

현장을 이탈한 택시기사의 이마는 식은땀으로 덮여 있었다.

"체조선수였었나?"

그는 창문 밖으로 튀어나가던 이혁을 생각하며 중얼거렸다. 그의 얼굴에 갈등의 기색이 떠올랐다.

'경찰에 신고를 해야 하나… 아서라. 사납금 채우기도 바쁜데 이런 일로 불려 다니면 회사에 찍힌다.'

결론은 금방 났다.

택시기사는 액셀을 힘껏 밟았다.

제6장

대전동부경찰서 상황실은 난리가 났다.

도로에서 바이크를 탄 폭주족들이 택시 한 대를 위협한다는 112 신고가 접수되었기 때문이다.

지령을 받고 현장에 출동한 순찰차가 생사가 불투명할 정도의 중상을 입은 채 도로에 쓰러져 있는 사람을 발견했다는 보고를 한 후의 상황이야 더 말이 필요 없었다.

사건이 발생한 가양비래공원 부근은 동부경찰서 관할이다.

"어떤 미친 새끼들이 이 시간에 지랄들이냐고! 기자들이 냄새 맡기 전에 빨리 그 새끼들 잡아와!"

고래고래 고함을 지르고 있는 건 오늘 밤 야간당직상황

실장, 정보계장 김성규 경감이었다. 얼마나 소리를 질렀는지 그의 목엔 시퍼런 힘줄 여러 개가 연신 꿈틀거렸다.

자기 잘못이 없는데도 이찬형 경사의 이마에 식은땀이 맺혔다.

김성규 경감의 고함 소리 때문이 아니라 지금 그의 귀에 들리는 말 때문이었다.

[119 구급대원이 환자의 헬멧을 벗기고 상태를 확인하고 있습니다. 죽지는 않았습니다. 하지만 상태가 심상치 않습니다. 왼팔이 꺾여 있고, 갈비뼈도 몇 대는 부러진 것 같습니다.]

무전기에서 흘러나오고 있는 음성의 주인은 현장에 도착한 순찰차 근무자였다. 그는 현장상황을 지령실에 보고하고 있었다.

이찬형은 보고하는 직원이 누구인지 잘 알고 있었다. 그가 2년 전 경찰서 내근으로 들어오기 전에 가양지구대에서 함께 근무했던 오영진 경사였다.

[바퀴 자국이 대청호를 향하고 있습니다. 시간상 대청호 자연생태관 근처까지 가지 않았을까 생각됩니다. 하지만 도중에 군북면 쪽으로 빠졌을 가능성도 있습니다. 옥천서 쪽에도 순찰차를 요청해 주십시오.]

군북면은 옥천경찰서 관할이다.

김성규 경감의 얼굴이 일그러졌다. 그의 입에서 재차

고함이 터져 나왔다.

"어떤 개자식들이야! 도로에서 바이크를 타고 테러를 해? 현실과 영화를 구분 못하는 이 미친 새끼들!"

얼마나 화가 났는지 그의 말엔 두서가 없었다. 평소에도 다혈질로 유명한 그다.

"니들이 경찰을 호구로 본다 이거지!"

그의 시선이 이찬형을 향했다.

"이 경사는 지방청에 보고해. 서장님께는 내가 직접 보고하지. 그리고 옥천서와 청남서에 길목을 막아달라는 협조요청 보내고. 이 자식들이 혹시 시내로 턴할지도 모르니까 대덕하고 중부서에도 사건 통보해."

"알겠습니다."

"택시에 탔던 학생이 입은 교복이 사비고 교복 같았다니까 중부서 협조받아서 걔가 누군지도 알아내. 손에 쇠파이프를 들고 있었다고 하는 걸 보면 단순한 폭주족이 아니야. 지령실에 얘기해서 강력팀과 폭력팀 당직자들 현장에 출동시켜."

"예."

이찬형은 속으로 한숨을 내쉬었다.

'유 경사가 당직 바꿔달라고 할 때 바꿔줄 걸. 젠장⋯⋯.'

일거리가 쌓이고 있었다.

급한 대로 지시를 마친 김성규가 책상 위의 수화기를 잡아가며 이를 갈았다.

"내가 근무하는 날 사고를 친 이 개자식들, 꼭 잡아서 콩밥을 먹게 해주마!"

작은 사건이 아니었다.

벌써 한 명이 중상을 입었다. 게다가 신고자가 말한 대로라면 사건은 현재도 진행 중이었다. 앞으로 몇 명이 더 다칠지 알 수 없었고, 최악의 경우 사망자가 나올지도 몰랐다. 그렇게 되면 이 사건은 살인사건이 된다.

초대형 사건으로 발전할 가능성이 있는 상황인 것이다.

이 정도의 사건이 터지면 당직 상황실장이 서장에게 즉보(즉시 보고)하는 건 필수였다.

서장이 그가 아닌 다른 경로를 통해 이 사건에 대한 보고를 받게 되면 뒷감당이 안 되는 것이다.

*　　　*　　　*

타타. 타타. 타타타탁.

키보드를 두드리는 이수하의 손가락들은 한시도 쉬지 않았다. 아침부터 지금까지 친 보고서만 기백 장이다.

키보드 옆에는 두툼한 수첩이 속살을 드러내며 활짝 펼쳐져 있었다. 짬이 날 때마다 사건이 발생한 장소에 가서 탐문했던 것들을 기록한 수첩이다.

그 기록들을 정리해서 각 발생보고서마다 필요한 수사보고서를 첨부하는 작업이 오늘 그녀가 한 일의 전부였다.

그 일만으로도 그녀는 파김치가 되어 있었다.

밀린 것들이 너무 많았기 때문이다.

"염병… 대파 한 단 훔쳐 간 것까지 발생보고하면 어쩌란 말야. 아줌마가 정식으로 접수해 달라고 해도 알아서 설득을 해야지. 이런 걸 무슨 재주로 잡냐고. 이런 거 수사해서 범인 잡겠다고 했다가는 팀장한테 쪼인트 천 번은 까이겠다……."

잘근잘근 씹어대서 비틀린 입술 사이로 맥 빠진 투덜거림이 흘러나왔다.

"쪼인트 까지 않을 테니까 본격적으로 수사를 해보지 그러냐?"

"헉!"

바로 뒤에서 들려온 최태영의 목소리에 놀란 이수하는 자라목이 되었다. 그녀는 슬그머니 고개를 돌려 뒤를 보았다. 최태영이 짝다리를 짚고 서서 그녀를 내려다보고 있었다.

"아. 하. 하. 하… 손님이 금방 가셨네요……?"

"왜? 손님을 빨리 보낸 게 마음에 안 들어?"

"아니, 뭐, 그런 게 아니라… 좀 쉬시라고."

"일없다, 이 자식아! 그러게 평소에 보고서 좀 정리하라고 내가 몇 번을 말했냐, 응? 한 귀로 듣고 한 뒤로 흘리더니만 꼬라지 보기 조옷… 타! 아주 서류를 파먹고 들어갈 기세야."

최태영이 호통을 쳤다.

이수하는 어색하게 웃었다.

"열심히 한다고 한 건데… 요?"

최태영이 도끼눈을 치켜떴다.

"열심히? 개 풀 뜯어먹는 소리하고 자빠졌네. 헛소리하지 말고 자리 정리해. 나가봐야 된다. 니들도!"

두 사람의 대화를 들으며 고개를 숙여 큭큭거리던 다른 형사들, 이수하의 조원인 박장호와 다른 조인 김정환과 박웅재가 놀라 머리를 들었다.

일 많은 건 이수하만이 아니었다.

그들도 하루 종일 서류와 씨름하느라 퇴근도 못 하고 있었다.

이수하가 어리둥절한 기색으로 물었다.

"무슨 일 있어요?"

"못 들었을 줄 알았다. 당직 아닌 날도 무전기는 켜놓으라고 했잖아!"

최태영의 호통에 어깨를 움츠린 이수하가 박장호에게 눈짓을 했다.

박장호는 최태영의 눈치를 살피며 책상 구석의 충전기에 꽂혀 있는 무전기의 전원을 슬쩍 켰다.

　[생태체육관 쪽으로 10여 대의 바이크가 도로 위를 메우며 광란의 폭주를 벌이고 있다는 신고가 지령실로 연이어 접수되고 있습니다. 접수된 내용 중에는 폭주 중 사고로 인한 피해자도 발생한 것 같다는 내용도 있습니다. 발생지는 동부미인집(경찰서의 은어)의 가양비래공원 인근 도로상이며, 폭주족들이 이동하는 방향은 옥천서나 청남서 관내가 될 것으로 추측됩니다. 하지만 폭주족이 시내 쪽으로 들어올 가능성도 배제할 수 없습니다. 남대전구인집(지구대의 은어) 순마(순찰차의 은어)들 중 논밭(사건의 은어)이 없는 순마들은 즉시 동부미인집과의 경계지역 순찰을 시작하고, 구다섯(지구대 팀장을 뜻하는 은어)이 현장을 지휘하시기 바랍니다. 형하나(강력당직팀)와 5분 대기조도 현장으로 출동하십시오.]

．무전기에서 흘러나오는 긴장된 목소리를 들은 이수하와 팀원들은 어안이 벙벙하다는 표정을 감추지 못했다.

　박장호가 중얼거렸다.

　"동부에 난리가 난 모양인데요?"

　김정환이 혀를 찼다.

　"오밤중에 할 일 없는 애새끼들이 지랄하는 모양이지."

　이수하에 이어 강력2팀의 넘버 쓰리 박웅재가 슬쩍

최태영의 안색을 훑어보고는 김정환의 말을 받았다.

"그렇게 단순한 일이 아닌 것 같다. 저 목소리, 오늘 당직상황실장인 생활안전계장 이기수 경감님 목소리잖아. 애들 열몇 명이 폭주하는 일 따위로 상황실장이 직접 무전기를 잡겠냐? 팀장님 말씀부터 듣자."

그의 말에 박장호와 김정환은 눈을 껌벅거렸다.

박웅재의 말이 맞았다.

청소년 10여 명의 단순 폭주 정도로 상황실장이 직접 지휘봉을 잡지는 않는다.

이어 생각해 보니 무전을 듣지 못했냐고 말했던 최태영은 그 말 이전에 자리 정리하고 나가자는 말부터 했었다.

최태영이 기특하다는 눈으로 박웅재를 보았다.

박웅재도 나이가 마흔여섯이나 되었고 계급도 경사지만 정년퇴직을 코앞에 둔 최태영에게는 애나 다름없다.

그가 말했다.

"니들 중에 그나마 눈치 있는 놈은 웅재밖에 없구나. 니들 머리를 확 열어서 뇌에 구리스를 잔뜩 칠해주고 싶다."

이수하의 귀밑에 땀방울이 맺혔다.

"아. 하. 하… 참으시죠, 팀장님. 그런데 정말 무슨 일이에요?"

최태영은 혀를 차며 동부서에 최초로 접수되었던 신

고내용을 이수하 등에게 간단하게 설명해 주었다.

이수하의 안색이 변했다.

그녀가 물었다.

"택시에서 빠져나와 바이크를 탈취한 사람이 사비고 교복을 입은 것 같았다고요?"

"신고자는 그렇게 보았다는군. 하지만 어둠 속이고 당시 상황이 워낙 급박해서 잘못 보았을 수도 있어. 그래도 일단은 조사를 해봐야지. 진짜 사비고 학생일지도 모르니까."

박웅재가 고개를 휘휘 저으며 말했다.

"팀장님, 신고자가 잘못 본 거 같습니다. 신고내용대로라면, 누군지 모르지만 스턴트맨 저리 가라 할 솜씨 아닙니까? 시속 100킬로미터로 달리는 택시에서 창문 밖으로 빠져나와 옆에 붙은 바이크 운전자를 한 방에 쓰러뜨리고 바이크를 탈취해서 정지 없이 그대로 도주한다… 이런 걸 고등학생이 했다고요? 아마 전문적인 훈련을 받은 친구들도 사전에 합을 맞추지 않은 상태에서 시키면 못한다고 백기를 들 걸요?"

박웅재를 향한 최태영의 눈길이 험해졌다.

찔끔한 박웅재가 먼산을 보는 시늉을 했다.

최태영이 말했다.

"좀 전에 눈치 좀 있다고 한 거 취소다. 신고자가 잘

못 봤든 잘 봤든 그게 뭐가 중요해? 지금 다친 사람이 있고, 현재도 그 일이 진행되고 있다는 게 중요하지. 토 달지 말고 빨리 사비고로 튀어."

김정환이 어물어물 거리며 말했다.

"저기… 팀장님… 지금 밤 11시가 넘었는데요? 애들도 자율학습 끝나고 다 돌아갔을……."

"토 달지 말라고 했지! 까라면 까는 거지 뭔 말들이 그렇게 많아!"

최태영이 버럭 호통을 치자 시꺼한 박웅재 등이 후다닥 소리가 나도록 빠른 걸음으로 사무실을 빠져나갔다.

그래도 남은 사람이 있었다.

최태영이 이수하에게 퉁명스러운 어투로 물었다.

"넌 왜 안 가?"

"팀장님."

최태영은 흠칫하며 한 걸음 물러섰다.

이수하가 그의 코밑에 얼굴을 들이밀었기 때문이다.

"뭐, 뭐냐, 임마?"

"신고자가 사비고 교복을 본 것 같다고 했다는 말, 진짜죠?"

"이 자식이 불신지옥에서만 살다 왔나?"

말을 하던 최태영의 눈빛이 묘해졌다. 이수하의 얼굴에 긴장된 기색이 떠오른 것을 본 것이다.

"너 왜 그래? 뭐 아는 거라도 있어?"

이수하는 고개를 저었다.

"그런 건 아니고요……."

말끝을 흐린 이수하는 급한 몸짓으로 되돌아섰다.

"야, 임마! 뭐라도 아는 게 있으면 말을 해주고 가야 지!"

"아는 거 없어요!"

이수하는 기세 좋게 대답하고는 사무실을 나섰다.

그녀의 얼굴은 해석하기가 상당히 어려운 표정으로 물들어 있었다.

화난 것 같기도 하고 걱정하기도 하는 것 같기도 하면서 뭔가를 부인하는 듯도 한, 그런 기색이 뒤엉킨 안색이었다.

"아닐 거야… 아무리 별명이 미친개라고 해도 설마 도로에서 그런 활극을 찍겠어? 아니겠지… 아니어야 돼……. 만일 너라면……."

이수하의 눈썹이 하늘을 향해 끝도 없이 솟구쳤다.

"빠득, 그냥 안 돼! 죽여 버릴 거야! 학생이 되어가지고 하라는 공부는 안 하고 그런 위험한 짓이나 하고 다니는 게 정말…… 너라면!"

이수하는 이혁이 들었다면 등골에 소름이 돋았을 말을 아무렇지도 않게 중얼거리며 주차장으로 달려갔다.

시동을 켠 차 안에서 이수하를 기다리고 있던 박장호가 손을 흔들었다.

"박 형사, 혼자 팀장님이 지시한 거 조사 좀 하고 있어."

박장호가 어리둥절한 얼굴로 물었다.

"이 형사님은 뭐 하시려고요?"

"어, 뭐 좀 알아볼 게 있어서. 나중에 연락할게."

이수하의 얼굴에서 다급한 기색을 읽어낸 박장호는 말없이 고개를 끄덕였다. 둘이 손발을 맞춘 지도 3년이 넘었다. 서로를 알 만큼 아는 것이다.

박장호의 차가 경찰서를 빠져나갔다.

차문을 여는 이수하의 얼굴 표정은 단순해져 있었다.

다른 기색들은 모두 사라졌다.

남은 건 걱정하는 기색뿐이었다.

그녀는 휴대폰을 꺼냈다.

"이런 일로 위치추적을 하게 될 줄은 몰랐네……."

그녀는 길고 흰 손가락으로 휴대폰 버튼을 빠르게 눌렀다.

잠시 후 휴대폰 액정에 GPS 신호가 잡혔다. 그녀는 이혁에게 휴대폰을 주기 전에 위치 찾기 기능을 활성화시켜 두었다. 별다른 뜻은 없었다. 그가 어디 있는지 확인하고 싶어질 때가 있을지도 모른다는 생각으로 해둔 것일뿐.

그녀는 위치 찾기 기능을 이런 일로 사용하게 될 거라고는 생각지도 못했다.

그래서일까.

액정을 내려다보는 이수하의 눈빛이 사나워졌다.

"잡히기만 해봐!"

*　　　　*　　　　*

부와와아아아앙!

간만에 타는 바이크지만 이혁의 운전은 거침이 없었다. 직진주로에서야 속도를 뽑기만 하면 되니 솜씨를 알기 어렵지만 급격한 코너에서 안쪽으로 붙어 빠져나가는 솜씨는 뒤따라가던 자들이 절로 경탄하지 않을 수 없을 만큼 뛰어났다.

"염병! 이러다 놓치겠다!"

누군가 크게 욕설을 토했다.

"씨팔 놈의 새퀴, 어디서 선수 뛰다 온 놈 아냐!"

배기음과 바퀴와 노면의 마찰음 거기에 바람 소리까지 뒤엉킨 상태라 말을 정확하게 알아들은 사람은 거의 없었다. 하지만 그 말투에 담긴 느낌만은 확실하게 전달되었다.

분노와 불안감.

그들이 이혁을 추적한 지 벌써 10분이 지났다. 그런데도 처음 이혁과 그들 사이에 났던 100여 미터의 거리는 좁혀지지 않고 있었다. 거리가 벌어지지 않는 건 다행이었지만 그것이 오히려 그들을 더욱 불안하게 만들었다.

이혁이 바이크를 운전하는 솜씨는 프로선수에 버금갔다. 그들을 뿌리치려 했다면 불가능하지만도 않은 솜씨였다. 그렇지만 이혁은 멀어지지도 가까워지지도 않은 채 그들의 앞에서 달려가고 있었다. 도망가지 않고 있는 것이다.

그것이 그들을 불안한 한편으로 분노하게 했다.

그들은 사냥꾼이었고 상대는 사냥감이었다. 그런데 사냥감이 사냥꾼을 놀리고 있었다. 기분이 더럽지 않을 리 있겠는가.

"저 개새끼, 잡히면 내가 껍질을 벗겨 버릴 거야!"

이혁은 풀썩 웃었다.

그의 이목은 보통 사람이 상상하는 것 이상이다. 그는 100여 미터 뒤에서 떠드는 소리를 어렵지 않게 들을 수 있었다.

그의 눈빛이 강해졌다.

어차피 시간을 더 끌 생각도 없었다.

도로 양옆은 숲이 지속되고 있었다. 오가는 차량은 한 대도 보이지 않았다.

그가 폭주족들을 끌고 이곳까지 달린 것은 사람이 없는 곳을 찾느라 시간이 걸린 때문이지, 다른 이유는 없었다.

그가 탄 바이크의 속도계기판 바늘이 빠르게 떨어졌다. 동시에 폭주족과의 거리도 무섭게 줄어들었다.

폭주족들의 얼굴이 환해졌다.

이혁의 등이 손을 뻗으면 닿을 만한 거리에 있었다.

거리가 5미터도 되지 않을 만큼 줄어들었다. 쇠파이프를 잡은 폭주족들의 손등에 굵은 힘줄이 꿈틀거리며 튀어나왔다.

지루한 추격전의 끝이 보이고 있었다.

이혁이 브레이크를 잡았다.

끼이이이익!

귀를 찢는 타이어마찰음과 함께 노면에 긴 스피드마크가 났다.

드리프트를 하듯 정면으로 비스듬히 미끄러지던 이혁의 바이크 앞바퀴가 제자리에 정지하며 뒷바퀴가 공중에 번쩍 들렸다.

지면과의 각도는 거의 70도.

뒤집어질 수밖에 없는 모습.

하지만 이혁의 바이크는 상식을 무시했다. 뒤집어지기는커녕 그 상태로 바이크가 180도 회전하며 방향을 바꿨다.

그 모든 변화에 걸린 시간은 채 1초도 되지 않았다.

양산형 125cc 바이크로는 상상하기도 어려운, 가히 곡예라 불러도 어색하지 않을 묘기였다.

이혁의 뒤를 따르던 자들의 눈이 찢어질 듯 커졌다.

변화의 속도는 너무나도 빨랐다. 그들은 적응할 타이밍을 놓쳤다.

끼익! 끽끽!

급브레이크를 잡았지만 그들 중 달리던 관성을 무시하고 마음먹은 대로 움직이게 할 정도로 바이크를 잘 다루는 자는 없었다.

이혁의 좌우로 바이크들이 스쳐 지나가며 만들어낸 거친 바람이 그의 머리카락을 흐트러뜨렸다.

이혁의 입가에 흰 선이 그어졌다.

소리 없는 미소. 하지만 서늘하게 가라앉은 그의 두 눈에 웃음기는 보이지 않았다.

그가 탄 바이크의 뒤꽁무니를 바짝 따라붙었기에 어느새 정면으로 그를 마주 보게 된 폭주족 두 명의 눈이 이혁의 눈과 마주쳤다.

그들의 헬멧 속 안색이 해쓱해졌다. 눈 한 번 깜빡이기도 전에 이혁과 그들의 거리는 2미터도 되지 않을 정도로 가까워졌다.

끼이이이이이익!

그들의 바이크가 요란한 마찰음과 함께 이혁의 좌우로 방향을 틀었다. 동시에 그들은 쇠파이프를 수평으로 휘둘렀다.

조건반사에 가까운 일격.

두 개의 쇠파이프는 양쪽 손잡이 바로 위를 낮게 스치며 이혁을 향해 날아들었다. 바이크를 탄 상태로는 피할 수 없는 공격이었다. 그래서 이혁은 바이크를 떠났다.

손잡이를 놓음과 동시에 이혁의 두 발이 발판을 슬쩍 밀었다. 마치 공기가 그를 들어 올리기라도 하는 것처럼 그의 몸 전체가 바이크 시트 위 50센티미터 높이까지 솟아올랐다.

두 개의 쇠파이프가 영화 속의 느린 화면처럼, 가슴까지 말아 올린 그의 발밑을 천천히 통과하고 있었다.

그때 이혁의 몸 전체가 우측을 향해 비틀리며 반전되었다.

쭉 뻗은 그의 오른발 등이 허공에서 반원을 그리며 그의 바이크 우측을 통과하던 자의 헬멧 정수리에 떨어졌다.

쾅!

벼락 치는 소리가 날 때 타격의 반동을 이용한 이혁의 몸은 허공에서 또다시 반전하고 있었다.

그의 좌측을 통과하던 자의 헬멧으로 이혁의 오른발 뒤축이 내리꽂혔다.

콰득!

끼이이익!

쿠콰콰쾅!

통제를 상실한 두 대의 바이크가 미끄러지다가 도로 양옆의 나무에 처박혔다.

두 번째 타격의 반동이 사라지기 전 이혁의 신형이 공중제비를 돌았다. 회전이 끝났을 때 그의 신형은 바이크 시트 위에 내려앉고 있었다. 그의 좌우를 스쳐 지나갔던 자들이 바이크의 방향을 바꾸기도 전에 벌어진 일이었다.

방향을 되돌린 폭주족들의 안색이 하얗게 변했다.

그들의 눈에 들어온 것은 두 대의 바이크가 막 도로 옆의 나무들과 충돌하며 운전자 두 명이 지면에 휴지처럼 처박히는 장면이었다. 대부분 이혁에게서 시선을 떼지 않고 있었기에 그가 두 명의 동료를 어떻게 처리하는지 본 자도 여러 명 있었다.

"뭐, 뭐냐……!"

누군가의 입에서 떨리는 목소리가 흘러나왔다.

그들은 이번 일에 투입되기 전 이혁에 대한 얘기를 듣고 왔다. 그래서 그가 무시할 수 없는 주먹 솜씨를 갖고 있다는 것을 알고 있었다. 하지만 그들이 예상한 이혁의 솜씨는 이런 것이 아니었다.

어떻게 저런 능력을 보이는 자를 고등학생이라고 할

수 있겠는가.

그들은 중고등학교를 다닐 때 각 학교에서 세 손가락에 들던 주먹들이었다. 비록 학교를 떠난 후 그렇게 원하던 조직에 몸을 담는 것엔 실패했지만 그것도 곧 이루어질 미래였다.

그런 자가 열넷이나 한자리에 모였다. 한 명이 당했지만 아직도 열셋이나 되었다.

아무리 날고 기는 자라 해도 한 명이 그들 전부를 상대한다는 건 미친 짓이었다.

그들은 그렇게 생각하며 이 일을 맡았다, 소풍이라도 가는 것처럼 가벼운 마음으로.

"저 새끼… 혹시 고딩은 위장이고 본 직업이 스턴트맨 아닐까?"

말도 안 되는 소리를 중얼거리는 자도 있었다.

"야, 씨발! 저 새끼가 뭐 하던 놈이든 무슨 상관이냐! 우린 저 새끼 담그기만 하면 돼! 실패하면 어떻게 되는지 알지?!"

누군가 악을 썼다.

폭주족들의 안색이 다른 의미에서 창백해졌다.

이번 일을 그들에게 맡긴 자는 성공했을 때 조직에 받아주겠다는 약속을 하면서 실패했을 경우도 언급했었다.

바이크를 타고 이 자리를 떠나면 이혁의 얼굴을 더는

보지 않아도 되었다. 하지만 그들에게는 그것을 선택할 권한이 없는 것이다.

누군가 이를 악물며 중얼거렸다.

"아, 씨발… 좆 됐네……."

"겁먹지 마! 다구리에 버티는 놈 본 적 있냐! 쇠로 된 놈도 아닌데 바이크로 밟아버리면 되잖아!"

또 누군가가 악을 썼다.

그 말이 신호가 된 것일까.

부와아아아아앙-

거친 배기음이 터져 나왔다.

자신을 향해 쇄도해 오는 바이크들을 보며 이혁은 피식 웃었다.

"훗, 떡 줄 사람은 생각도 하지 않고 있는데 자기들끼리 생쑈를 하는구만."

중얼거림이 끝난 그의 얼굴에서 미소가 씻은 듯이 사라졌다.

저들은 '적'이었다.

그는 적과 싸울 때 손에 사정을 두지 않는다.

스로틀 그립을 잡아당기는 그의 손에 힘이 들어갔다.

부아아아아앙-

이혁과 폭주족들이 탄 바이크가 굉음과 함께 서로를 향해 무서운 속도로 치달렸다. 전속력이다.

폭주족들의 얼굴이 일그러졌다.

이혁은 속도를 줄이지 않았다.

이대로라면 그의 정면에 있는 자들은 충돌을 피할 수 없었다.

핸들을 꺾어 피하는 자가 없다면 양쪽이 모두 치명상을 입게 된다.

치킨게임이었다.

이혁의 직선 정면에서 바이크를 모는 자의 얼굴이 똥색이 되었다.

"이 미친… 놈!"

바이크로 밟아버리자고 말을 한 당사자가 그였다. 하지만 당하는 사람이 자신이 되는 건 사양이었다. 아무리 마음의 준비를 하고 있다고 해도 달리는 차 대 차의 충돌이다. 무사하기만을 바랄 수 없는 일인 것이다.

그의 마음을 읽은 것일까.

이혁은 폭주족들과의 거리가 10여 미터로 좁혀졌을 때 핸들을 틀었다. 앞바퀴가 비스듬히 사선으로 진로를 바꾸었다.

정면 폭주족들의 얼굴에 안도의 기색이 떠올랐다. 하지만 펴지던 그들의 얼굴이 일그러지는 데는 많은 시간이 필요하지 않았다.

이혁의 바이크 핸들 방향은 바뀌었지만 그는 바뀐 방

향으로 달려가지 않았다. 대신 그가 탄 바이크의 몸통이
지면과 45도 각도로 눕더니 정면을 향해 미끄러졌다.

끼이이이이익―

드리프트다.

"흐윽!"

"헉!"

폭주족들은 억눌린 신음을 토했다.

"저 개새끼!"

악을 쓰듯 욕하는 소리가 도로 위에 난무했다.

폭주족들의 바이크와 3미터 정도로 가까워졌을 때 이
혁은 몸을 측면으로 더 기울였다.

끼이이이익―

귀를 찢는 타이어 마찰음과 함께 그의 바이크가 드리
프트로 미끄러지듯 전진하며 한 바퀴를 돌았다.

그의 바이크 뒷바퀴 회전에 정면 폭주족 바이크 두 대
의 앞바퀴가 걸렸다.

콰쾅!

마치 바이크와 탱크가 충돌한 것 같았다. 균형을 잃은
두 대의 바이크는 측면으로 튕겨 나갔다. 그리고 옆에서
달리던 바이크들과 연쇄적으로 충돌했다.

쾅!

쿠앙!

"뭐… 으아아아악!"

"아악!"

거센 충돌음과 놀란 비명 소리, 그리고 처절한 신음 소리가 동시다발적으로 튀어나왔다. 충돌한 바이크의 수는 여섯이었다. 그 바이크를 몰던 여섯 명의 폭주족이 비명을 지르며 사방으로 튕겨 나가 지면을 나뒹굴었다.

충격은 작지 않았다. 쓰러진 채 신음하는 자들은 일어서지 못했다. 어딘가 단단히 깨지고 부러진 것이다.

남은 바이크의 수는 다섯.

그들은 좌우 가장 후미에서 달리던 자들이라 방향을 바꿀 시간적 여유가 있었던 자들이다.

바이크의 회전을 멈춰 세운 이혁은 전진을 멈췄다. 바이크에서 내린 그는 다섯 대의 바이크를 보며 우뚝 섰다.

이혁을 노려보며 다섯 명의 폭주족은 갈등했다.

계속 싸울 것인지 아니면 도주할 것인지를.

그들의 갈등은 오래가지 않았다.

이혁이 그들에게 기회를 주었기 때문이다.

우뚝 서 있던 이혁이 느린 걸음으로 자신의 바이크와 거리를 벌리고 있었다. 더는 바이크를 탈 생각이 없는 듯했다.

다섯은 눈빛을 교환했다.

이혁은 바이크를 버렸지만 그들은 타고 있었다. 말 그대로 바이크로 밀어버릴 수 있는 상황이 된 것이다. 게다가 걸음을 멈춘 이혁이 그들을 도발하고 있었다, 오른손 바닥을 하늘로 향한 채 손가락을 모아 까딱거리면서.

분노가 두려움을 이겼다.

말보다 주먹이 빠른 자들 중 자기 성질을 제어할 수 있을 만큼 수양이 된 자들은 극히 드물다.

중앙에 있던 자가 말했다.

"으드득, 이대로 포기할 수는 없다. 나는 하겠다!"

"좋아. 나도 하지."

좌측 끝에 있던 자가 말을 받자 나머지 세 명도 고개를 끄덕였다.

일이 꼬였지만 물러설 곳이 없는 그들이다. 절박한 심정을 말해주듯 이를 악무는 그들의 눈에 붉은 핏발이 섰다.

그들은 쇠파이프를 굳게 움켜잡았다.

이제 믿을 건 그것과 바이크밖에 없었다.

부아아아아앙─

다섯 대의 바이크가 토하는 격렬한 배기음이 도로를 울렸다.

이혁은 싱긋 웃으며 허리를 굽혔다.

도로에는 쓰러진 폭주족들이 떨어뜨린 쇠파이프가 굴

러다니고 있었다. 그는 두 개의 쇠파이프를 집어 양손에 하나씩 쥐었다. 무기를 사용하는 걸 선호하지는 않았지만 필요하다고 생각되면 마다하지도 않는 사람이 그였다.

쇠파이프를 쥔 그는 두 팔을 살짝 벌렸다. 손에 잡은 쇠파이프가 사선으로 길게 늘어졌다.

"죽여주마!"

거친 엔진 소리를 뚫고 찢어질 듯 거친 목소리가 그의 귓가를 파고들었다.

그는 싱긋 웃으며 중얼거렸다.

"능력이 있다면… 죽여봐."

부와아아아앙—

다섯 대의 바이크가 그를 향해 무서운 기세로 쇄도해 왔다.

두 대가 앞서고 그 뒤를 세 대의 바이크가 따랐다.

순차공격을 하겠다는 뜻.

보통 사람이라면 심장이 떨려 제자리에 주저앉아도 이상하지 않을 상황이었다.

이혁은 주저앉는 대신 손목을 움직였다. 그 작은 움직임을 따라 나선형을 그리며 일어나는 거대한 힘이 있었다.

전사(纏絲)라는 수법이 있다.

흔히들 진식태극권을 오랫동안 수련한 사람들이 발휘하는 경력을 전사경이라고 부르는데 전사경은 진식태극

권에만 있지 않다.

용어는 태극권과 다르지만 오랜 전통을 가진 무술은 대부분 전사경을 수련하는 비전의 방법이 있다. 그럴 수밖에 없는 것이 전사경은 힘을 외부로 투사하는 수법 중 가장 위력이 강한 것 가운데 하나이기 때문이다.

그런 수법을 진식태극권만 가지고 있다는 건 말이 안 되는 것이다.

스승이 이혁에게 가르친 수법에도 전사를 수련하는 방법이 있고, 그것을 외부로 구현하는 방법도 있다.

혈우팔법 중의 하나인 폭뢰경혼추(爆雷驚魂鎚)가 그것이다.

물론, 이혁이 펼치는 건 폭뢰경혼추가 아니었다.

혈우팔법이라는 이름으로 묶여 있는 여덟 가지 무예는 제한된 경우에만 펼치는 것이 허락된 그의 사문비기다. 폭주족 따위를 상대로 그것을 펼친다면 돌아가신 스승이 지하에서 벌떡 일어날 일이다.

그가 펼친 것은 폭뢰경혼추가 아니라 그것을 익히기 위해서는 반드시 수련해야 하는 기본 공부, 전사경이었다.

그의 단전에서 시작된 나선형의 힘은 손목의 작은 회전을 통해 쇠파이프로 스며들었다.

겉으로 볼 때 이혁은 서 있기만 할 뿐 신체 어느 곳도 움직이고 있지 않았다. 하지만 눈썰미가 있는 자라면 그가 들고 있는 쇠파이프의 표면이 끊임없이 진동하고 있는 것을 볼 수 있을 터였다. 전사의 회전력이 잦아들지 않고 있기에 일어나는 현상이었다. 그러나 불행하게도 폭주족들은 그것을 알아볼 수 있는 안력을 갖고 있지 않았다.

전사경을 외부로 발현하는 폭뢰경혼추의 비결은 크게 두 가지로 나뉜다.

하나는 사량발천근(넉 량으로 천 근의 힘을 발휘한다)을 기본으로 한 경혼결이고, 다른 하나는 관통력의 극점이라 할 수 있는 폭뢰결이다. 이 두 가지가 극에 이르러 통합된 수법이 폭뢰경혼추다.

하지만 폭뢰경혼추를 펼치지 않고 두 가지를 별개의 수법으로 써도 그 활용도는 끝이 없다, 지금처럼.

이혁의 오른발이 느리게 전방을 밟았다.

툭.

진각이 실린 걸음이 아니었기에 소리는 작았다. 그 짧은 순간 두 대의 바이크가 그의 좌우로 지나가며 쇠파이프가 날아들었다.

하나는 얼굴로 또 하나는 가슴으로.

쑤와아앙!

얼마나 힘을 기울인 일격이었는지 쇠파이프가 닿기도 전에 공기가 갈라지는 소음이 먼저 났다.

이혁은 쇠파이프를 무시했다.

그의 허리가 낭창거리는 수양버들처럼 뒤로 확 휘었다. 두 개의 쇠파이프가 뒤로 눕힌 그의 가슴 위 5센티미터도 안 되는 곳을 스쳐 지나갔다. 그와 동시에 이혁이 쥔 두 자루의 쇠파이프가 바이크들의 앞 타이어에 슬쩍 닿았다 떨어졌다.

닿았던 시간은 짧았지만 타이어에 투사된 전사의 힘은 무시무시했다.

돌아가는 타이어에 가해진 회전력.

앞 타이어의 속도가 순간적으로 수십 배 빨라졌다.

삐이이이이익—

철사로 철판을 긁어대는 듯한 소리가 사람들의 신경을 곤두서게 만들었다.

그리고,

콰앙! 콰앙!

수류탄이라도 터진 것 같은 굉음이 도로를 뒤흔들었다.

"으아아악!"

연이어 울려 퍼지는 처절한 비명 소리.

바이크의 앞바퀴와 뒷바퀴가 각기 다른 속도로 달리게 되면 어떤 일이 벌어질까. 그건 이혁의 쇠파이프가 타이어에 닿은 바이크들을 보면 된다.

급작스러운 가속은 타이어와 지면의 마찰력을 극대화시켰다. 그것을 버티지 못한 타이어가 폭발했다. 전면부가 낮아진 바이크가 지면에 처박히듯 주저앉으며 뒷바퀴가 번쩍 들렸다.

운전자의 통제를 벗어난 움직임이다. 그리고 폭주족들은 이혁과 같은 능력을 갖고 있지 않았다.

뒤집어진 바이크는 장난감처럼 허공으로 튕겨졌다. 바이크에 탔던 폭주족들의 운명이야 말해 무엇 할까.

좌우에서 바이크 두 대가 폭발하듯 뒤집어지고 있음에도 이혁의 표정은 변화가 없었다. 자신이 벌인 일이다. 결과는 그의 예상을 전혀 벗어나지 않았다. 그에게 뜻밖의 상황은 없는 것이다. 표정이 변할 이유도 없었다.

하지만 그런 이혁을 보는 폭주족 세 명의 안색은 푸르뎅뎅해졌다.

그들은 이혁이 무엇을 했는지 보지 못했다.

이혁의 움직임은 그들이 인지할 수 있는 범위 너머에 있었으니까.

그들이 본 것은 이혁의 몸이 뒤로 활처럼 휘는 장면뿐이었다.

그 뒤는 지금 벌어지는 상황이었고.

"마… 마술……?"

누군가의 입에서 나온 건 황당무계하기 그지없는 한마디였다. 하지만 그것이 지금 그들이 이혁을 보며 느끼는 솔직한 감정이었다.

두 명의 폭주족을 처리한 이혁은 멈추지 않았다.

아직도 그를 향해 달려오는 적이 셋이나 되는 것이다.

폭주족들은 바이크의 방향을 바꾸고 싶었지만 이혁과의 거리가 너무 가까웠다.

그들은 이를 앙다물었다. 방향을 돌릴 시간이 없으니 그들이 무사하기 위해서는 이혁을 쓰러뜨려야만 했다.

"제발 죽어라, 이 새끼야!"

가운데 있는 자가 악다구니를 쓰며 쇠파이프를 꼬나쥐었다.

부와아아아아앙-

거친 배기음이 비명 소리처럼 도로 위를 내달렸다.

1미터 간격으로 바퀴를 나란히 한 세 대의 오토바이가 이혁을 향해 미친 듯이 달려들었다.

이혁은 풀썩 웃었다.

"너 같으면 곱게 죽어주겠냐?"

뱉듯이 말한 그가 한 걸음을 앞으로 내딛었다. 그리고 내딛은 걸음의 앞축에 힘을 주어 지면을 밀었다.

휙!

작은 바람 소리와 함께 그의 몸이 허공으로 뛰어올랐다.

정면에서 달려들며 쇠파이프로 이혁을 내리찍으려던 자는 고개를 위로 젖혔다.

이혁의 움직임을 따라가다 보니 자연스럽게 취하게

된 동작이었다.

그의 눈에 경악이 폭죽처럼 튀었다.

무릎을 가슴에 모아 안은 이혁의 무릎은 그의 눈 위에 있었다. 그건 이혁이 제자리에서 거의 2.5미터를 뛰어 올랐다는 뜻이다.

"말도… 안… 돼…….."

눈으로 보고도 믿지 않는 자는 답이 없다.

"앞으로는 불신의 늪에서 빠져나오길!"

이혁의 낮은 음성이 폭주족들의 귀를 파고들었다. 그리고 이혁이 움직였다.

아무런 지지대도 없는 허공에서 이혁의 몸이 한 번 공중제비를 돌았다. 그 회전이 끝났을 때 믿을 수 없게도 그의 몸은 허공으로 50센티미터 정도를 더 솟아올라 있었다. 그는 무릎에 모아 안았던 두 다리를 폈다.

두 발이 그의 아래를 지나가고 있는 폭주족의 양쪽 어깨를 밟았다.

우지직!

"크아악!"

뼈 부러지는 소리와 찢어지는 비명 소리가 합창하듯 동시에 났다.

쇄골이 주저앉은 폭주족의 팔에서 힘이 빠져나갔다. 운전자의 통제를 잃은 바이크가 갈지자로 도로를 달리다가 도로변 나무를 들이받았다.

쾅!

그 이전,

발밑에서 발생한 탄력에 힘을 얻은 이혁의 신형이 다시 한 번 허공으로 튕기듯 솟아올랐다. 몸을 띄우며 180도 회전한 그의 눈에 좌우를 스쳐 지나가는 두 대의 바이크 폭주족들의 뒤통수가 들어왔다.

그의 양 손목이 움직였다.

슬쩍 들려 45도 각도로 곤두섰던 두 개의 쇠파이프가 그의 손을 떠났다.

비수를 던지는 듯한 동작.

번뜩.

그의 손을 떠난 쇠파이프들은 마치 송곳처럼 폭주족들의 바이크 뒤 타이어를 두부처럼 파고들었다. 과학적 상식을 가볍게 무시하는 관통력, 전사경의 힘이었다.

와지지직!

쇠파이프는 타이어를 뚫고 바퀴의 휠까지 관통했다. 뒷바퀴의 회전을 강제로 정지당한 바이크의 운명이란 뻔하다.

쾅!

"으아아악!"

뒤집힌 바이크들이 지면과 거세게 충돌했다.

바이크를 몰던 폭주족들도 바이크의 신세와 다르지
않았다. 새처럼 허공을 날다가 땅에 떨어져 널브러진 그
들의 비명은 딱 한 번만 났다. 정신줄을 놓은 것이다.

이혁은 천천히 주변을 돌아보았다.

"으으으."

"흐윽⋯⋯."

도로 곳곳에 부서진 바이크와 파편들이 널려 있었고,
바이크 숫자와 같은 수의 사내들이 몸 어딘가가 부러지
거나 팔다리가 기형적으로 꺾인 채 잔뜩 억누른 신음을
토하며 몸을 부들부들 떨고 있었다.

정신이 있는 자들은 그런 신음도 토하지 못했다. 아직
현장엔 이 지옥도를 만든 당사자, 이혁이 있었기 때문이
다.

사방을 돌아보는 이혁의 눈에는 아무런 감정이 섞여
있지 않았다. 마치 남이 한 짓을 구경하는 것 같은 눈빛
이었다.

정신을 잃지 않은 폭주족들은 그런 이혁이 더 무서웠
다. 그들은 이혁이 통쾌하다는 표정이라도 지었다면 차
라리 덜 무서울 것 같았다.

그들의 눈에 들어온 이혁은 뼈와 살로 이루어진 사람
이 아니라 감정이 거세된 쇠로 만든 기계였다.

누군가 두려움에 질린 목소리로 속삭이듯 작게 말했다.

"씨… 부럴… 터… 터미네이터였던… 거냐……?"

바이크에 올라타던 이혁의 얼굴에 표정이랄 만한 것이 돌아왔다. 그는 소리가 들려온 방향을 향해 오른손 가운데 손가락을 들어 올리며 심드렁한 얼굴로 한마디 했다.

"I'll not be back."

어색한 발음이었다.

정면으로 고개를 돌린 그는 뺨을 긁으며 중얼거렸다.

"흠흠… 맞나?"

공부하고 담을 쌓은 그가 영어라고 잘할 리 없다.

'저놈들 뒷조사는 좀 조용해진 뒤에 해야겠지…….'

폭주족들은 그를 노렸다. 한 번도 본 적이 없는 자들이었다. 당연히 나쁜 감정도 없었다. 그들이 이유 없이 그를 향해 쇠파이프를 날린다는 건 말이 안 된다. 그들에게 지시를 한 자가 있을 터였다.

이혁의 눈 깊은 곳에 스산한 어둠이 똬리를 틀었다.

'가자, 곧 경찰이 도착할 거야. 그들 눈에 걸리면 귀찮아진다.'

부와아아아아앙-

거친 배기음과 함께 이혁이 탄 바이크가 긴 테일램프의 꼬리를 남기며 사라져 갔다.

제7장

"너지?"

이수하의 음성은 낮았다.

하숙집으로 통하는 골목길에 들어서기도 전이었다.

이혁에게 고정된 이수하의 눈은 깜박임조차 보이지 않았다. 그 눈빛에서 그녀가 여자라는 걸 느끼기는 어려웠다. 베테랑 형사의 느낌은 충분하고도 넘치게 느껴졌지만.

이혁은 속으로 쓰게 웃었다.

그녀의 질문은 말 그대로 거두절미(去頭截尾)였지만 알아듣는 데는 아무런 지장이 없었다. 그녀가 찾아올지도 모른다는 각오도 하고 있었다. 하지만 이수하의 방문은 그가 예상했던 것보다 많이 일렀다. 이수하는 그가 감탄할 만큼 탁월한 감각을 가진 베테랑 형사였다.

이수하의 방문을 예상했던 만큼 이혁은 대응도 준비되어 있었다.

그는 모르는 척 되물었다.

"뭐가 말입니까?"

그가 준비한 대응은, 오리발이었다.

이수하의 눈썹이 하늘로 곤두섰다.

"바이크 열네 대!"

이혁은 어리둥절한 얼굴로 어깨를 으쓱했다.

"무슨 말인지 모르겠습니다."

"오홍… 부인하시겠다?"

이혁은 눈살을 찌푸렸다.

"뭘 부인한다는 건데요? 추궁을 하시고 싶은 모양인데, 먼저 설명부터 해주고 하시죠?"

이수하의 눈이 이혁의 눈을 똑바로 마주쳐 왔다.

그녀는 오늘 밤에 발생한 바이크 혈전(?)에 이혁이 관련되어 있다는 확신을 갖고 있었다.

그녀는 동료들과 함께 사건에 대한 조사를 하지 않고 바로 이곳으로 왔다. 사건이 발생한 장소와 그녀가 있는 지역은 상당한 거리가 있었다. 그녀가 가기도 전에 사건은 끝이 날 터였다. 그리고 그녀는 신고내용에 포함되어 있던 교복을 입은 정체불명의 학생이 발견되지 않을 거라는데 전 재산을 걸 용의도 있었다.

그녀의 짐작은 들어맞았다.

이곳으로 오는 도중 도로 곳곳에 만신창이가 되어 쓰러져 있는 열네 명의 폭주족이 발견되었다는 박 형사의 연락을 받았다, 교복을 입었다는 자는 발견되지 않았다는 내용과 함께.

이혁은 속이 뜨끔했다. 하지만 눈빛이나 표정에 변화는 없었다.

본래 표정변화가 거의 없는 그다. 그건 타고난 성격이기도 했지만 그보다는 그가 익힌 무예의 영향이 더 컸다.

그는 마음을 먹으면 일정시간 동안 심장의 박동수와 혈류의 흐름까지 조절할 수 있었다. 얼굴 근육과 눈동자의 움직임을 정지시키는 정도는 그에게 일도 아니었다.

이수하가 말했다.

"부인한다고 될 일이 아니야. 지금 동부서 강력팀이 바이크들이 이동했던 경로상의 CCTV를 전부 까고 있어. 그리고 최소 전치 6주 이상의 중상을 입은 열네 명의 폭주족 신병도 모두 확보했어. 무슨 소린지 그래도 모르겠어?"

날카롭고 사무적인 어투였다.

그래서인지 이혁의 대답도 딱딱했다.

"예."

이수하가 추궁을 포기하지 않은 것처럼 이혁도 초지일관 오리발을 내밀었다.

"폭주족하고 너를 대질시키면 어떻게 될까?"

"얼마든지 대질하셔도 됩니다."

이혁의 대답은 망설임이 없었다.

이수하는 눈살을 찌푸렸다.

이혁이 거짓말을 하고 있는 것은 분명했다. 그런데도 그가 거짓말을 하고 있다는 생각이 들지 않았다. 표정과 눈빛, 말투에서 거짓말을 하는 자 특유의 느낌이 전혀 읽히지 않았기 때문이다.

"하아……."

그녀는 입술을 깨물며 나직하게 한숨을 내쉬었다.

만약 자신이 확증을 갖고 있지 않았다면 그녀도 속을 뻔했다.

'나는 형사야…….'

그러나 그녀는 이혁에게 자신이 그의 휴대폰과 연동시켜 놓은 위치찾기 기능으로 그를 추적했다는 말을 하지 못했다. GPS 상에 표현된 그의 동선이 사건발생장소에서 하숙집으로 이동하는 걸 확인했다는 것도.

이혁의 오리발 연기는 올해의 연기대상 감이었다.

'이 녀석만 만나면 머릿속이 엉망이 되는 기분이야. 내가 미친 거야… 그렇지 않으면 이런 사건에서 발을 뺄

생각부터 하지는 않을 테니까……'

말없이 이혁을 노려보던 그녀가 잠시 후 말문을 열었다.

"며칠 안에 동부서 형사들이 너를 조사하기 위해 올 거야. 네가 자신 있게 부인하는 걸 보면 뭔가 생각하고 있는 게 있는 모양이지만 그게 네 맘처럼 되기는 쉽지 않을 거야. 차라리 지금이라도 솔직하게 인정하는 게 어떨까? 조사를 해봐야 알겠지만 열넷이 쇠파이프와 바이크로 너를 밟으려고 했어. 그들이 많이 다치긴 했지만 그 정도의 상황이라면 정당방위가 성립하고도 남아. 굳이 부인해서 일을 복잡하게 만들 필요가 없다고."

말투와 눈빛에 걱정스러워하는 기색이 섞여 있었다.

이혁의 눈빛도 부드러워졌다. 하지만 대답하는 말투는 여전히 단단했다.

"제가 알아서 합니다."

이수하는 허탈한 듯 씁쓸하게 웃고 말았다.

"하… 그래, 니 팔뚝 굵다."

말을 잇는 그녀의 눈빛이 강해졌다.

"…알아서 못하기만 해봐! 아주 잘근잘근 씹어서 발라먹어 버릴 테니까!"

이혁은 가슴이 뜨끔했다.

눈빛이 고양이 수준이 아니었다.

'암호랑이가 따로 없네……'

이수하는 조금 더 이혁을 노려보다가 등을 돌렸다.

"밤마다 찾아오기로 작정을 했대니?"

2층 베란다 난간에 기댄 시은의 눈은 호기심으로 반짝거리고 있었다.

이혁은 혀를 찼다.

"스토커 다 됐네, 누나."

"보이는 걸 어쩌라고?"

"흥, 보일 때까지 기다린 거겠지."

"헉! 어떻게 알았어? 너 천재다!"

눈을 동그랗게 뜬 시은은 박수라도 칠 기세였다.

이혁은 고개를 절레절레 저었다.

"어휴……."

생긋 웃으며 이혁과 말을 나누던 시은의 안색이 굳어졌다. 이혁의 어깨가 그녀를 스쳐 지났을 때였다. 그녀는 방문 앞에 서 있었고, 안으로 들어가려면 그녀를 지나가야 했다.

"혁아."

방금 전과는 하늘과 땅만큼이나 차이가 나는 굳은 목소리였다.

이혁이 그녀를 돌아보았다.

그를 바라보는 이수하의 두 눈은 의혹을 가득 담고 있

었다.

"누구니?"

이혁은 어깨를 축 늘어뜨렸다. 시은은 이수하와 달랐다. 그와의 관계가 다르다는 게 아니라 감각이 다르다는 말이다. 그녀는 그가 발하는 기운의 변화에 민감했으며 익숙하기도 했다. 그녀에게 오리발이 통할 가능성은 전무했다.

그가 심드렁한 어조로 대답했다.

"폭주족 애들 몇 명 손 좀 봤어."

시은의 눈이 커졌다. 걱정하는 눈치는 아니었다. 뜻밖의 대답에 조금 놀란 기색만이 보일 뿐이었다.

되묻는 그녀의 목소리에서 어리둥절해하는 기색이 묻어났다.

"걔들이 너를 왜 공격해?"

"내가 자기들보다 더 잘생긴 게 맘에 들지 않았나 보지."

"그걸 지금 대답이라고 하. 는. 거. 니?"

단어 하나하나가 딱딱 끊어진다. 슬슬 화가 나고 있다는 뜻이다. 그녀를 더 이상 자극하면 위험했다.

이혁은 혀를 차며 말을 받았다.

"쯥, 대충 짐작 가는 게 있긴 한데… 누나가 신경 쓸 정도의 놈들은 아냐."

시은은 한숨이 터지려는 걸 간신히 참으며 말했다.

"여기… 쉬고 싶다고 해서 보냈거든?"

이혁은 풀썩 웃었다.

"하하하."

"왜 웃어?"

웃는 이유를 어떻게 말로 할까.

이혁은 그저 웃음만 나왔다. 시은은 그가 대전에 와서 어떤 일을 겪었는지 아무것도 모르고 있었다. 알고 있었다면 저런 말은 하지 못했을 것이다. 그렇다고 시은에게 이곳 생활을 미주알고주알 얘기할 수도 없었다. 그녀를 걱정시킬 게 뻔했으니까.

그가 웃으며 말했다.

"잘 쉬고 있어, 누나. 걱정하지 않아도 돼."

"믿어도 될까?"

이혁은 고개를 끄덕였다.

"누나가 걱정할 만한 일은 하지 않고 있으니까 맘 놓으셔. 나도 내가 휴가 중이라는 것을 잘 알고 있다고. 아주 긴~ 휴가 말이야."

"오빠."

'이놈의 대전! 하루도 편할 날이 없구나.'

의자에 앉아 멍한 얼굴로 교실 창밖을 내다보고 있던

이혁은 낮게 한숨을 내쉬며 고개를 돌렸다.

채현이 굳은 얼굴로 그를 내려다보고 있었다.

"왜?"

"교장 선생님께서 찾으세요."

이혁은 눈을 껌벅였다.

3분 후가 2교시 시작이었다.

"이 시간에 나를?"

"예."

대답하는 채현의 목소리에서 긴장감이 느껴졌다. 이런 경우는 처음이라 이혁은 미간을 좁히며 물었다.

"무슨 일인데 표정이 그러냐?"

"교장실에 손님들이 와 계세요. 그분들 때문에 오빠를 찾으시는 거 같아요. 그런데 아무리 봐도 그분들이……."

채현은 말끝을 흐렸다.

이혁은 피식 웃으며 자리에서 일어났다.

손님들의 정체와 교장이 자신을 찾은 이유도 짐작이 갔다.

그가 말했다.

"경찰들이지?"

채현은 고개를 끄덕였다.

"분위기가 드라마에서 많이 봤던 형사들하고 비슷해

요. 오빠, 무슨 일 있어요?"

이혁은 고개를 가로저었다.

"없다."

"그럼 왜 오빠를 찾는 거죠?"

"모르겠다. 하지만 가보면 알게 되겠지. 다녀올게. 걱정하지 마라."

"예……."

복도로 나간 이혁은 급한 걸음으로 복도를 걸어오고 있는 남영주를 볼 수 있었다. 그의 눈매가 확 일그러졌다.

그는 자신의 앞에 도착한 남영주가 입을 열기 전에 먼저 말했다.

"나도 형사들이 왜 날 찾는지 이유를 몰라. 그러니까 묻지 마라."

남영주는 입만 벙긋거렸다. 타이밍을 놓친 것이다.

이혁은 큰 걸음으로 남영주의 곁을 스쳐 지나갔다.

남영주가 그의 등에 대고 소리쳤다.

"동부서 강력팀이란다!"

이혁은 몸도 돌리지 않은 채 손만 흔들어 보이고는 계속 걸어갔다.

시침이 막 11시를 지나갔을 즈음, 대전동부경찰서 마

크가 찍혀 있는 형사기동대 차량 한 대가 법동에 자리 잡고 있는 대전동부병원 정문으로 들어섰다.

주차장에 선 차에서 피로한 기색이 역력한 건장한 사내 세 명이 내렸다. 그 뒤로 교복을 입은 이혁이 따라 내렸다.

동부서 강력3팀의 형사 최동혁과 정만채는 어슬렁거리는 몸짓으로 이혁의 양옆에 섰다. 자연스러운 동작이지만 그들은 이혁이 앞이나 뒤로 뛰어나갈 수 있는 방위를 교묘하게 틀어막고 있었다.

이혁은 모른 척하며 그의 앞에 선 사내의 뒤를 따랐다.

사비고를 찾아온 동부서 형사 세 명은 교장 최용익과 이혁의 담임선생 김성호에게 지난밤 대청호 인근에서 발생한 폭력사건의 내용을 설명하고 협조를 구했다. 그들이 최용익에게 요청한 도움의 내용은 간단했다.

사비고 2학년에 재학 중인 이혁이 사건과 관련이 있는지를 조사하기 위해 임의 동행할 수 있도록 해달라는 것.

이혁은 보호자가 없는 고아다. 교장의 허락을 받고 이혁이 받아들이기만 하면 가능한 일이었다.

교장은 허락했다.

열네 명이 전치 6주 이상의 중상을 입은 대형사건이었다. 거기다 파괴된 바이크의 수도 열네 대나 된다.

경찰에서는 언론에 사건과 관련된 정보가 새지 않도록 하기 위해 노력했지만 실패했다. 아침부터 지역신문과 방송들은 바이크 폭력사건이라 명명된 이번 일에 대해 방송하며 경찰의 치안부재를 질타했다. 발 빠른 기자들이 찍은 현장은 전쟁터를 방불케 할 정도였다.

덕분에 최용익과 김성호도 내용을 알고 있었다. 그들이 경찰의 협조를 거부하기에는 사건이 너무 컸다. 그리고 거부할 이유도 없었다.

이혁도 받아들였다. 예상했던 일이었다.

느긋하게 걸음을 옮기는 그의 표정은 걸음걸이만큼이나 담담했다.

이런 상황에서 그 또래의 학생들이 보일 법한 긴장된 기색 같은 건 약에 쓰려고 해도 찾을 수가 없는 얼굴이었다.

그의 앞에서 걷던 사십대 초반의 사내가 그를 힐끔 돌아보고는 혀를 찼다. 그는 세 명의 형사 중 가장 고참 경찰관인 최현수 경사였다.

사건이 터진 시간부터 지금까지 잠을 자지 못하고 움직인 탓에 그의 얼굴은 피로에 찌들어 거뭇거뭇했다.

"야, 너도 참 황소고집이다. 그 자식들과 만나면 어차피 드러날 일이잖냐. 피곤하게 굴지 말고 불어라. 너도 편하고 우리도 편한 일을 왜 이렇게 복잡하게 만드냐?"

"제가 아닙니다, 최 형사님."

이혁은 싱긋 웃으며 대답했다.

"거 자식… 진짜 못 말리는 놈일세."

최현수는 혀를 끌끌 찼다.

대화가 끊겼다.

병원 정문을 통해 들어선 형사들과 이혁은 엘리베이터를 타고 6층의 입원실로 갔다. 6층에 도착한 형사들은 이혁을 613호실로 데려갔다.

열네 명의 폭주족이 입원한 병실은 6인실 세 개로 613실과 614호실, 그리고 615호실이었다. 각 병실의 앞에는 의경 두 명씩이 배치되어 있었다.

최현수는 613호실에 들어갔다.

이혁은 다른 형사 두 명과 함께 복도에 남았다.

최현수가 병실에 들어갈 때 열렸다 닫힌 문 사이로 이혁은 팔다리에 깁스를 하고 침상에 앉아 있는 열네 명의 젊은이를 볼 수 있었다. 개중에 몇 명은 앉을 수도 없는지 누워 있었다.

그가 온다는 연락을 받은 경찰관들이 폭주족들을 한 병실에 모아놓은 것이다.

이혁만 그들을 본 게 아니라 환자들도 그를 보았다. 그들의 안색이 시체처럼 허옇게 질렸다.

이혁은 그들을 자연스럽게 바라보았다. 하지만 폭주

족들 중 정면으로 그를 바라보는 사람은 한 명도 없었다.

병실에는 그들만 있는 게 아니었다. 두 명이 더 있었다.

동부경찰서 형사과 강력3팀장 유진곤과 팀원인 신정훈이었다.

"데려왔습니다, 팀장님."

"음, 고생했어."

최현수의 보고를 짤막하게 받은 유진곤은 복도로 나왔다. 그는 이마에 주름을 잡은 채 복도에 있는 이혁과 병실 안에 있는 열네 명의 환자를 번갈아보았다.

그의 미간에 깊은 주름이 생겨났다.

환자들은 이혁을 무서워하고 있었다. 아니, 저들은 단순히 무서워하는 정도를 넘어서 공포를 느끼고 있다고 해도 무방할 정도의 반응을 보이고 있었다.

그것이 그를 놀라게 만들었다.

그는 열네 명의 환자 대부분을 알고 있었다.

군대를 제대하자마자 경찰이 된 그의 경력은 30년이 넘는다. 그리고 그 대부분의 시간을 동부와 중부경찰서를 왔다 갔다 하며 보냈다.

대전에서 사고뭉치 소리를 듣는 자치고 그가 모르는 이는 거의 없는 것이다. 당연히 환자복을 입고 있는 자들이 얼마나 꼴통인지도 잘 알았다.

저들 중에는 취객을 상대로 퍽치기 하는 것을 취미로 삼거나 가출한 여중생들을 모아서 성매매를 시키다가 소년원을 다녀온 자들도 있었다. 패싸움을 하거나 각목으로 또래를 두들겨 패서 경찰서를 들락날락한 경력 정도는 얘깃거리도 되지 않았다.

그러니 코앞에 있는 저들이 자신보다 어린 사내 한 명을 무서워하는 게 믿어지지 않을 수밖에.

유진곤은 속으로 혀를 찼다.

'쯧… 내가 너무 쉽게 생각한 것 같군.'

병실로 되돌아간 그는 문을 닫았다. 그리고 열네 명의 폭주족에게 물었다.

"어젯밤 너희와 대청호 인근에서 싸운 학생이 저 친구가 맞나?"

열네 명은 약속이라도 한 것처럼 일제히 고개를 저었다.

"아닙니다, 팀장님."

그들이 대답하는 목소리는 머뭇거림이 없었다. 그들이 어떤 마음을 갖고 있는지 바보라도 알 수 있는 반응이었다.

유진곤은 눈살을 찌푸렸지만 그들의 부인에 실망한 기색은 없었다.

'실수야… 저놈을 데려오는 게 아니었어. 사진만 보여주었다면 긍정을 끌어낼 수도 있었건만…… 허, 대체 이 자식들을 어떻게 손봤기에 자신들을 저 지경으로 만든 놈을 보고도 지목조차 못하는 걸까? 정말 혼자서 저 놈들을 저렇게 만든 건가?'

미국드라마에서는 피해자가 거울로 막힌 방 건너편의 용의자를 보며 지목하는 장면이 자주 나오지만 한국 경찰에게는 꿈같은 일이다. 그런 시설이 되어 있는 경찰서는 전국에서 손으로 꼽을 정도로 적다. 게다가 그런 절차를 규정한 법도 없다.

성폭력피해를 당한 아동청소년의 진술을 받을 때 녹화하는 규정이 생긴 것이 10년도 되지 않는다. 어지간한 경우에는 피해자와 가해자를 마주 앉혀서 대질시키고, 그게 어려울 경우에는 용의자를 방에 두고 피해자가 문틈으로 들여다보며 지목하는 게 한국 경찰의 현실이다.

시스템을 짜고 예산을 배정해야 하는 정부와 예산을 심사하고 법률을 만들어야 하는 국회, 그리고 경찰 수뇌부의 현장인식부재가 오묘하게 조화를 이룬 한국 경찰의 현실이다. 이 부분은 검찰도 경찰과 크게 다르지 않다.

유진곤이 생각에 잠겨 있을 때 환자들 중 한 명이 힘겨운 동작으로 일어났다.

"팀장님, 드릴 말씀이 있습니다요."

"뭔데?"

유진곤은 인상부터 썼다.

말을 한 자의 이름은 임성규, 은연중 폭주족의 리더 역할을 하는 자였다.

"팀장님, 저희들은 정말로 바이크를 타다가 연쇄충돌한 거뿐입니다요. 누구하고 싸우고 그런 거 아닙니다요."

유진곤은 피식 웃었다.

"헛소리하지 마, 교복 입은 학생이 택시에서 뛰어내리며 너희와 싸우는 것을 본 목격자가 있어."

"그거 잘못 본 거라니까요. 저희는 그런 적 없습니다요. 믿어주십시오."

"믿을 말을 해야 믿지."

유진곤은 폭주족들에게서 등을 돌렸다. 그의 얼굴에 난감한 기색이 떠올라 있었다. 그는 병실 밖으로 나왔다.

이혁은 여전히 형사 두 명을 양옆에 끼고 대기석에 앉아 있었다.

최현수가 유진곤의 옆에 섰다.

최현수가 물었다.

"팀장님, 어떻게 하실 겁니까?"

"어떻게 하긴?"

"접으실 겁니까?"

"그럼. 깨진 놈들이 싸운 적 없다고 부인하잖아."

그는 턱짓으로 이혁을 가리키면서 말을 이었다.

"저놈도 자신이 아니라고 부인하고."

최현수는 학교를 떠나며 전화상으로 유진곤에게 이혁이 어떻게 진술하는지 이미 보고한 상태다.

최현수도 인상을 썼다.

"양쪽 다 부인하고. 마땅한 증거나 목격자도 없고… 저 학생을 태웠던 택시기사만 찾아도 금방 풀릴 일을……."

방송에서 시끄럽게 떠들고 있었지만 택시기사는 나타나지 않았다.

형사들은 그 이유가 열네 명의 폭주족이 만신창이의 몸으로 발견되었다는 방송 내용 탓이라고 생각하고 있었다.

만약 발견된 것이 곤죽이 된 학생이었다면 택시기사는 나타났을 것이다.

테러(?)를 한 놈들이 당한 격이었으니 굳이 나서서 목격자진술을 해야 한다는 심적 부담을 느낄 필요가 없어진 것이다. 물론, 폭주족을 지목해야 하는 상황이 두려웠을 수도 있고.

CCTV에 기대를 걸었지만 만족스러운 결과는 얻지 못했다.

최초 택시와 폭주족들이 접촉했다고 신고가 된 도로 인근부터 폭주족들이 쓰러져 있던 곳까지의 노선상에 설치된 CCTV들을 조사하는 과정에서 몇 개의 사진을 얻긴 했다. 하지만 CCTV들이 전부 교통용(신호, 과속단속과 교통사고 감시용)인 데다 한밤중이라 폭주족 무리에 쫓기는 바이크 운전자가 교복을 입었다는 것을 확인하는 수준에서 그쳤다. 용모를 확인하는 건 불가능했다.

유진곤이 최현수의 말을 받았다.

"이 상황에서는 위에서 아무리 쪼아도 방법이 없어."

"어휴… 아무래도 유성회하고 관계가 있는 거 같은데요. 저 자식들은 같이 몰려다니던 놈들이 아닙니다, 팀장님. 독고다이로 놀던 놈들이라고요. 저런 놈들을 열넷이나 동원할 수 있는 조직은 대전에 유성회밖에 없어요. 최일이나 김홍기까지는 아니어도 행동대 중간급까지는 몇 놈 잡아넣을 수 있을 거 같은데, 그냥 보내긴 너무 아깝습니다."

말처럼만 되면 일계급 특진까지는 아니어도 경찰청장 표창은 기대할 만했다.

"난들 아깝지 않겠나?"

유진곤은 이혁을 지그시 바라보았다.

형사계에서 오랫동안 생활하면 저절로 눈빛이 날카로워진다. 거칠어진 심성이 눈빛으로 드러나는 것이다. 하지만 그 단계를 넘어서면 눈빛은 부드러워진다. 대신 깊어진다. 사실 범죄자에게는 그런 눈이 더 무섭다. 속을 들여다보는 것 같은 느낌을 받기 때문이다.

유진곤의 눈빛이 그러했다. 어지간한 범인들은 그와 3초 이상 눈을 마주하지 못했다. 하지만 이혁에게는 해당사항이 없었다. 그는 흔들림 없는 시선으로 유진곤의 눈을 받아냈다.

유진곤은 손짓으로 이혁 좌우의 형사들을 일어나게 했다. 그리고 자신이 그의 왼쪽에 앉았다.

"이름이 이혁이라고?"

"그렇습니다."

"올봄에 사비고에 전학 왔다며?"

"예."

"자백 안 할 건가?"

"뭘요?"

"허허."

유진곤은 낮게 웃었다.

"자네 얼굴을 보니 쟤들이 불지 않을 거라는 걸 알고 있었던 거 같아. 그리고 쟤들과 자네가 만난 후 나도 일이 이렇게 흘러갈 수밖에 없다는 걸 깨달았네. 좀 더 일찍 그걸 알았어야 했는데⋯ 저 녀석들이 꼴통이란 것과 자네가 고등학생이라는 것 때문에 아무래도 너무 안이했던 거 같네."

이혁은 묵묵히 귀를 기울일 뿐 말을 받지 않았다.

한 마디라도 잘못해서 말꼬리를 잡히면 일이 복잡해진다.

사실 유진곤이 상황을 안이하게 인식했다는 고백은 정직한 것이었다.

조금만 진지하게 고민했다면 일이 이런 식으로 흘러갈 거라는 걸 유진곤도 알았을 것이다.

이혁이 부인하는 건 당연한 일이었고, 폭주족들도 그와의 싸움을 인정할 리가 없었다. 그들은 스물을 갓 넘은 나이지만 폭력 전과가 다섯 개 이상이고, 반수 이상이 소년원을 다녀왔다. 법률지식은 형사들에게 뒤지지 않는 것이다.

그들이 이혁과의 바이크 혈전을 인정하면 그는 정당방위로 빠져나갈 것이고, 처벌은 그들만 받게 될 터였다. 그것도 중하게.

그들은 머릿수가 열넷이고, 바이크와 쇠파이프까지 동원했다.

폭력행위등처벌에관한법률위반 제4조로 처벌받지는 않아도 그에 준하는 처벌을 받을 터였다. 전과도 많아서 누범이다. 잘하면 학교(교도소)를 두어 바퀴(2년 수감) 돌 수도 있었다.

머리에 총 맞은 자가 아니라면 누가 순순히 자백을 하겠는가.

유진곤은 자리에서 일어났다.

이혁이 그를 대하는 방식은 또래의 그것과는 엄청난 격차가 있었다.

최현수의 옆까지 걸어간 그가 속삭이듯 낮은 목소리로 말했다.

"최 형사."

"예."

"저 자식, 뒷조사 좀 해봐라."

"예?"

"아무래도 평범한 놈의 눈이 아니야. 그리고 이 일은 여기서 일단 접어. 저 폭주족 놈들은 도로교통법으로 처리하고. 몇 놈은 구속영장 쳐서 올려. 사건의 사회적 반향이 워낙 커서 검찰에서 영장을 받아들일 가능성이 있으니까. 위에는 내가 보고하겠다."

최현수는 아쉬움에 입맛을 다셨다.

팀장이 결정한 이상 토를 달 수는 없다.

"알겠습니다. 하지만 저런 놈들을 도로교통법상 공동위험행위 정도로 처벌할 수밖에 없다는 건… 참……."

유진곤이 말을 받았다.

"이번엔 참아. 하지만 곧 기회가 올 거야. 열흘 붉은 꽃이 없고, 10년 가는 권세 없다(화무십일홍 권불십년)는 말도 있잖아. 유성회의 최일이라고 비켜갈 수 없는 진리지."

"알겠습니다, 팀장님."

10분 뒤 이혁은 느긋한 발걸음으로 병원 정문을 나섰다.

혼자였다.

제8장

최일은 어이가 없다는 기색을 감추려 하지 않으며 책상 건너편의 김홍기를 바라보았다. 김홍기의 머리는 책상 면에 닿기 직전까지 꺾여 있었다.

"그러니까……."

최일은 침을 삼켰다.

방금 들은 보고가 얼마나 어이없는지 입안의 침이 마른 것이다. 혀가 좀 부드러워진 그가 말을 이었다.

"애들이 골라서 투입한 아이들이 전부 이혁이라는 놈한테 박살이 나서 병원으로 실려갔고, 유진곤이 걔들을 폭주족으로 처벌하는 수순을 밟고 있다? 지금 네가 나한테 말한 내용이 이게 맞는 거냐?"

"예, 사장님."

순간 최일의 눈빛이 독사처럼 살벌해졌다.

"야, 이 개새꺄!"

그는 탁자 위의 재떨이를 집어 던졌다

퍽!

김홍기의 정수리에서 피가 튀었다.

고개를 숙이고 있었고, 거리가 너무 가까웠다. 설령 멀리 떨어져 있었다 해도 피할 김홍기도 아니었지만.

"죄송합니다, 사장님."

"허, 이런 개망신이 있나! 방 사장이 나를 뭘로 보겠냐고, 이 개새끼야! 고딩 하나 제대로 처리 못하고 날 망신시켜? 너 그거밖에 안 되는 새끼였어?"

"죄송합니다, 사장님."

김홍기는 같은 말을 반복하며 고개를 숙일 뿐이었다.

이럴 때 구구절절한 변명을 하다가는 최일에게 무슨 꼴을 당할지 알 수 없다는 걸 그는 잘 알고 있는 것이다.

"당장 그 이혁이라는 놈 잡아와!"

"죄송합니다, 사장님."

"그놈의 죄송하다는 말 그만하고 가서 그 고딩새끼를 잡아오라니까!"

최일의 살기 넘치는 음성이 사무실을 울렸다.

그제야 김홍기는 숙였던 허리를 폈다.

"그놈을 잡는 건 어렵지 않은 일입니다만 그렇게 되면 유 팀장에게 기회를 주게 됩니다, 사장님."

최일은 김홍기의 말을 단숨에 알아들었다.

"그 집구렁이가 이혁에게 꼬리를 붙였나?"

집구렁이는 유진곤의 별명이다.

"최현수가 그 꼬마 놈 근처를 배회하고 있습니다."

"너구리 최현수?"

"예."

"가지가지 하는군."

얼굴을 찌푸린 최일이 물었다.

"유진곤이… 그 새끼 정년이 얼마 안 남았지?"

최일이 소싯적에 유진곤에 의해 다녀온 학교(교도소) 년 수만 6년이다. 만나면 웃는 낯이지만 없을 때는 이를 간다.

"웬걸요? 군제대하고 바로 들어왔잖습니까. 올해 경찰 경력이 33년 차고, 경위 정년이 육십이니까 아직 5~6년은 남았다고 봐야 합니다."

중견급 조폭들이 관할 지역 경찰서 강력팀 팀장들 경력을 기억해 두는 건 기본에 속한다.

최일은 상체를 의자에 묻으며 중얼거렸다.

"씨발놈… 순사 생활 질릴 때도 된 놈이 명퇴나 할 것이지, 그 나이에 무슨 영화를 누리겠다고 아직도 순사

질이야. 벽에 똥칠할 때까지 순사하다 뒈질 새끼!"

씩씩거리던 그가 눈을 치켜떴다.

"유 팀장 촉수 사라지면 그 꼬마 놈 지체 없이 잡아
와!"

김홍기는 허리를 꺾었다.

"숨만 붙여서 끌고 오겠습니다, 사장님."

"어차피 묻을 놈이니까 굳이 붙여서 데리고 오지 않
아도 돼."

"알겠습니다, 사장님."

*　　　*　　　*

형사들이 이혁을 찾아온 날, 그들의 정체와 목적이 학
교 전체에 소문나는 데는 5분도 걸리지 않았다. 목로주
점에서의 싸움 이후 이혁과 관련된 일은 언제나 초미의
관심사였으니까. 하지만 그 소문은 하루도 지나지 않아
시들해졌다.

다음날 아침 이혁은 학생들의 기대를 여지없이 배신
하며 아무 일도 없었다는 듯 평소와 같은 모습으로 등교
했던 것이다.

궁금증을 못 참아 그를 들볶은 사람은 남영주가 유일
했다.

사비고 학생 중 그에게 궁금한 걸 아무렇지도 않게 물어볼 수 있는 사람은 그밖에 없으니까. 하지만 그도 자신의 궁금증을 해소하지는 못했다. 시은도 열지 못한 이혁의 입이다. 하물며 남영주야.

일주일이 지나자 폭주족 사건은 방송에서 사라졌다.

경찰에서는 폭주족 중 네 명을 구속했고, 열 명은 불구속 처리했다. 폭주족에게 적용된 죄명은 도로교통법이었다. 사건이 빠른 속도로 일단락되며 휘발성이 사라졌으니 언론이 관심을 가질 이유가 없었다.

* * *

반지하에 있는 자취방 문을 힘없이 열고 들어서는 김성주의 안색은 어두웠다.

시간은 오후 2시밖에 되지 않았다. 그러나 집 안은 그의 안색만큼이나 어두웠다.

월세인 자취방은 한 평 남짓의 부엌이 앞에 있고, 그 뒤쪽에 방이 있는 구조였는데 방 창문이 하나 있었지만 옆의 3층 건물 때문에 햇볕은 눈곱만치도 들어오지 않았다.

털썩!

그는 불을 켜지도 않은 채 침대에 몸을 던졌다.

"씨발… 괴물… 그게 어떻게 고딩이냐고…….."

욕을 섞어 중얼거리는 그의 목소리에서 두려움이 묻어났다.

그는 입술을 악물었다.

돌이켜 생각하기도 싫은 장면이었다.

그는 그날 저녁 만난 열세 명과 함께 고등학생 한 명을 공격했다. 열네 명은 친하지는 않아도 평소 안면은 있는 사이였다. 나름 주먹질에 소질이 있는 열네 명이 모여 한 명을 공격하는 일이었다. 너무 쉬운 일이라 시작할 때는 소풍 가는 것처럼 가벼운 마음으로 바이크에 시동을 걸었다. 하지만 결과는 처참했다.

이 정도 다친 것만 해도 감사해야 할 판이었다.

그는 바이크가 뒤집힐 때 도로에 거꾸로 처박혔다. 하지만 다행히 그가 입은 상처는 크지 않았다.

뇌진탕과 찰과상이 심했지만 부러진 건 오른손 손가락 두 개뿐이었다. 그와 함께 바이크를 탔던 열세 명은 아직도 병원에 있었다. 그들 중 몇 명은 회복하려면 반년도 넘게 걸리는 중상을 입었다. 하지만 그는 상처가 심하지 않아 퇴원할 수 있었다.

그는 휴대폰을 만지작거렸다. 자신들에게 지시를 내렸던 자에게 연락을 하고 싶었다. 하지만 그는 참았다.

폰으로 연락을 하면 통화내역에 기록이 남는다. 뒷일

을 생각하면 공중전화를 쓰는 게 백번 나았다, 그것도 며칠 더 지난 뒤에.

네 명이 구속되고 자신을 포함한 열 명이 불구속된 사건이었다. 그리고 경찰과 검찰의 조사는 아직도 끝나지 않았다.

집으로 오면서도 자신을 미행하는 사람이 있는지 몇 번 확인했지만 발견하지는 못했다. 그래도 안심할 수는 없었다. 형사들은 미행의 전문가니까.

퇴원한 당일 날 그가 누군가에게 연락을 했다는 걸 형사들이 알면 큰일이 난다. 경찰은 둘째 문제였다. 그의 연락을 받은 사람이 자신을 가만 놔두지 않을 게 뻔했으니까.

"씨발… 고딩한테 좆 나게 깨지고… 짭새한테 입건되고… 유성회 가입은 물 건너가고… 정말 좆같네, 씨발……."

김성주의 입에서 욕설이 섞인 한숨이 연거푸 흘러나왔다.

그의 말처럼 일이 꼬여도 단단히 꼬인 상황이었다.

중얼거리던 그는 갑자기 벌떡 상체를 일으켰다.

"아, 씨발, 뭐라도 먹어야지, 병원식도 밥이라고 건너 뛰었더니 식충이들이 난리네."

배를 어루만지며 일어난 그는 불을 켰다.

환해진 방 안을 무심결에 돌아보던 그의 전신이 벼락이라도 맞은 사람처럼 딱딱하게 굳어졌다.

방 안에 그 말고도 사람이 더 있었다.

침대 머리맡의 벽에 팔짱을 기대고 서 있던 이혁은 자신과 눈이 마주친 김성주의 안색이 새파랗게 변하는 것을 보며 싱긋 웃었다. 팔짱을 푼 그가 입을 열었다.

"미친놈처럼 중얼거리는 게 꽤 재미있어서 지켜보는 맛이 있었는데 아쉽군. 좀 더 해보지 그래?"

"네, 네가, 왜, 어떻게……."

얼마나 놀랐는지 김성주는 횡설수설하며 더듬거렸다.

이혁은 눈살을 찌푸렸다.

"정신 차려라. 누가 보면 내가 널 죽이려고 하는 줄 알겠다. 알고 싶은 게 있어서 왔지. 설마 예쁘지도 않은 네가 보고 싶어서 왔겠냐?"

이혁은 손가락을 까닥거렸다.

"이리 와서 앉아. 말 잘 들으면 몇 가지 묻고 가겠지만… 튀면 알지?"

김성주의 두 다리가 후들거렸다.

어느새 그의 얼굴은 식은땀으로 덮여 있었다. 그는 아직도 그날 보았던 이혁의 모습을 생생하게 기억하고 있었다. 그의 눈앞에 있는 자는 교복을 입고 있을 뿐 학생은커녕 사람이라고 하기도 어려운 능력을 가진 놈이었다.

김성주는 비칠거리며 침대에 다시 앉았다.

"뭐… 뭘?"

"니들을 나한테 보낸 놈."

김성주는 입술을 악물었다. 갈등과 두려움이 어지럽게 뒤섞인 그의 눈이 정신없이 흔들리고 있었다.

이혁은 피식 웃었다.

"훗, 너희들에게 지시를 내린 게 유성회라는 거 알아. 난 단지 유성회의 누구 지시였는지를 알고 싶을 뿐이야."

김성주의 눈이 찢어질 듯 커졌다.

"어떻게……?"

"알았냐고? 그 정도는 어려운 거 아니니까 궁금해할 거 없고. 누구냐?"

김성주는 고개를 푹 숙였다.

이혁이 말을 이었다.

"손가락 두 개로 충분하지 않아? 한 반년 정도 병원 신세 지게 팔다리도 꺾어줄까?"

흠칫하며 고개를 들던 김성주의 안색이 시체처럼 허옇게 떴다. 자신을 내려다보는 이혁의 시선과 눈이 정면으로 부딪친 때문이었다.

이혁의 말투는 가벼웠지만 두 눈은 그렇지 않았다. 흑백이 뚜렷한 그의 두 눈은 감정이라고는 한 톨도 담겨 있지 않았다. 그것이 김성주를 소름 끼치게 했다. 그는 기억하고 있었다, 자신들을 향해 치킨게임하듯 바이크를 몰던 이혁의 눈을. 어떻게 잊을 수 있겠는가. 잠이 들면 악몽처럼 그를 찾아오는데.

그는 입술을 떨며 대답했다.

"성식이 형이 시킨 일이었습니다요."

"성식이?"

"박성식이라고… 유성회 행동대에 속해 있는 형입니다요."

"걔가 왜?"

"저도 잘은 모르는데요… 성식이 형 말로는 시내에서 노는 꼬마 놈들 부모 중에 한 명이 윗분들한테 부탁을 했다는 거 같았습니다요."

"꼬마라면 티엔티를 말하는 거냐?"

김성주는 고개를 아래위로 주억거렸다.

"정확히 누구라는 말은 없었지만 성식이 형 말투로는 그런 거 같았습니다."

"그놈, 어디서 놀아?"

"봉명동에 있는 하우스 기도 봅니다요. 반년 정도 되었습니다요."

이혁은 종이와 펜을 내밀었다.

"그려."

그는 대전지리에 어둡다.

김성주는 종이에 봉명동 하우스의 위치를 꼼꼼하게
그려 넣었다.

종이와 펜을 돌려받은 이혁은 김성주의 어깨를 툭툭
쳤다.

"또 보지 말자."

김성주는 고개를 푹 숙이며 대답했다.

"예."

삐꺽.

턱.

이혁이 나가서 방문을 닫는 소리가 났을 때야 그는 고
개를 들었다.

그는 입술을 깨물었다.

"씨발… 진짜 좆 됐네……."

그의 전신은 식은땀으로 뒤덮였다.

그는 비틀거리며 일어나 주섬주섬 짐을 챙겼다.

"대전을 떠야 돼. 내가 불었다는 거 알게 되면 성식이
형이 날 묻어버릴 거야. 씨발… 씨발……."

잠시 후 자취방은 텅 비었다.

*   *   *

남영주는 벤치의 남은 자리에 엉덩이를 붙이고 앉았다.

심부름을 한 장덕성이 그와 이혁을 향해 고개를 꾸벅 숙여 보이고는 운동장으로 뛰어갔다.

남영주가 입을 열었다.

"아침에 해가 서쪽에서 뜬 줄 알았다. 네가 나를 보자고 하는 날이 올 줄이야……."

이혁은 피식 웃었다.

"살다 보면 이런 날도 있는 거지."

말을 받으면서도 그의 시선은 운동장에서 축구를 하거나 구석에서 농구를 하는 학생들을 향해 있었다.

그 시선에서 묘한 기분을 느낀 남영주가 물었다.

"이제는 애들하고 좀 어울릴 때도 되지 않았냐? 네가 몰라서 그렇지 너하고 친해지고 싶어 하는 녀석들도 많다."

이혁의 입가에 쓸쓸한 미소가 떠올랐다가 사라졌다.

"사양하겠다."

"왜?"

"귀찮아."

심드렁한 대답.

"어처구니없는 대답이구나. 공부도 안 하는 놈이 애들하고 섞이지도 않을 거면 학교는 왜 다녀?"

이혁은 어깨를 으쓱했다.

"다니고 싶어 다니는 거 아니니까 신경 꺼라."

"그냥 4차원에서 살아라."

"내 속 긁으라고 너 부른 거 아니야."

"그럼?"

"티엔티에 대해 알고 있는 모든 걸 정리해서 줘. 소속된 놈들과 행동반경, 아는 거 전부."

남영주의 얼굴에서 웃음이 사라졌다. 그가 진지해진 얼굴로 물었다.

"치려고?"

이혁은 풀썩 웃었다.

"풋, 치긴 뭘 쳐? 내버려 두면 계속 귀찮게 굴 것 같아서 버릇 좀 고쳐 놓으려는 거지."

어른이 코흘리개 아이를 혼내줄 때나 쓸 법한 어투다.

남영주도 그걸 느꼈다.

그는 눈살을 찌푸리며 말했다.

"티엔티는 명목상 학교 짱들 모임이지만 걔들 명령을 듣는 애들까지 합하면 동원 가능한 숫자가 삼백 명도 넘어. 그리고 티엔티 리더 범준이는 소문난 독종이야. 티엔티의 뒤에 유성회가 있다는 소문도 있고. 방심하면 훅 간다."

"쓸데없는 걱정하지 말고 네 앞가림이나 잘해. 대학 떨어지면 지윤이 얼굴 보러 가지도 못할 놈이."

"그런데 그동안 걔들한테 별 관심 없는 거 같더니 갑

자기 왜 그런 마음을 먹은 거냐? 무슨 일 있었어?"

"말했잖아. 내버려 두면 계속 귀찮게 굴 것 같다고."

남영주의 눈이 빛났다.

"계속?"

그가 아는 한 최근 이혁의 주변에서 그를 귀찮게 한 일은 일어난 적이 없었다. 하지만 소문으로 떠도는 일이 이혁과 관련이 있다면 사정이 달라진다.

그가 미간을 좁히며 말했다.

"폭주족들이 당한 사건……. 경찰은 단순 폭주 중 일어난 다중충돌사고라고 발표했지만 대전 바닥에는 그들이 사비고 교복을 입은 한 명과 싸워 박살이 났다는, 믿거나말거나 식의 소문이 돌고 있어. 너였던 거냐?"

이혁은 대답하지 않았다. 하지만 부인도 하지 않았다.

"헐……."

남영주는 괴물이라도 보는 듯한 시선으로 이혁을 보았다.

그가 중얼거렸다.

"걔들을 이용해 너를 공격한 게 티엔티라고 생각하는 거냐?"

이혁은 고개를 끄덕였다. 남영주의 눈에 놀람이 떠올랐다. 하지만 이혁은 남영주에게 티엔티 뒤에 누가 있는지에 대해서까지 이야기할 생각은 없었다.

그는 유성회의 박성식은 일단 후순위로 밀어둔 상태였다.

박성식을 잡으면 유성회까지 손을 봐야 한다. 그건 작은 일이 아니었다. 굳이 순서를 매길 필요는 없었지만 그래도 쉬운 일부터 마무리 짓는 게 나았다. 더구나 아직 동부서 형사들이 그에게서 시선을 떼지도 않았다. 유성회도 잠잠했다. 그들도 자신의 주변을 배회하고 있는 형사들의 존재를 알고 있는 것이 틀림없었다.

이혁이 심드렁한 어투로 말문을 열었다.

"그뿐이 아니야."

"더 있어?"

"목로주점."

남영주의 미간이 좁아졌다.

"그것도?"

이혁이 대답했다.

"그건 너를 노린 거였어. 내가 없었다면 그들의 상대는 네가 되었을 테니까."

남영주는 고개를 끄덕였다.

"목로주점은, 티엔티가 그들의 배후에 있을 가능성이 있다는 생각은 나도 했었다. 확인할 수가 없었을 뿐이지. 하지만 폭주족 건은 좀 이상하다… 방송에서는 걔들 나이가 스물이 넘었다고 했어. 범준이를 비롯한 티엔티 애들은 그런 놈들을 동원할 역량이 없어. 혹시 유성회의 힘을 빌렸을 수도 있지 않을까 싶은데… 그럼 시기가 안 좋아. 위험해."

김범준을 비롯한 티엔티의 짱들이 유성회 말단 행동 대원들과 친하다는 건 속칭 노는 학생들 사이에서는 비밀도 아니다.

"위험해도 내가 위험하지, 너는 아냐. 긴말 필요 없다. 내버려 두면 한도 끝도 없을 놈들이야. 너도 원하는 일이잖아?"

"…그건 그렇지."

남영주는 고개를 끄덕였다.

그가 후계자로 삼은 이상우의 앞날을 위해서도 티엔티는 무너뜨릴 필요가 있었다.

그가 물었다.

"진짜 할 거냐?"

"한 번만 더 물으면 안 한다."

남영주는 인상을 찡그렸다.

"하여튼 그 지랄 맞은 성격 좀 어떻게 고치면 안 되냐?"

이혁은 대꾸 대신 자신이 할 말만 했다.

"준비나 해줘."

"쩝, 언제까지?"

"빠를수록 좋겠지."

"알았어."

남영주는 일어섰다.

따르릉, 따르릉.

90년대 집전화기에서 나던 신호음이 도로를 울렸다.

혼자 걸으며 생각을 정리하던 이혁은 호주머니에서 휴대폰을 꺼냈다. 그의 전화기에서 나는 소리였다.

[솜씨 좋던데?]

휴대폰 스피커를 통해 흘러나오는 편정호의 목소리에는 웃음기가 가득했다.

이혁은 이맛살을 찌푸렸다.

"무슨 소리야?"

[일주일 전에 유성회 행동대장 김홍기가 자신의 오른팔이나 다름없는 김승찬을 치도곤을 냈다. 그가 조금만 더 심하게 손을 썼으면 김승찬은 은퇴해야만 했을 거다. 김승찬은 까마득하게 아래에 있는 박성식이라는 놈을 치도곤을 냈고. 박성식은 병원에 입원해 있다. 개 맞듯 맞아서 일어나는 데 한 달은 걸릴 거란다. 다 네가 폭주족들을 병원으로 실어 보낸 덕분에 벌어진 일이지, 흐흐흐.]

낮게 웃던 그가 말을 이었다.

[유성회 위아래 놈들이 너한테 감정이 아주 안 좋아졌

어. 조심해라. 동부서 최 형사가 가끔 네 근처에서 배회하는 게 눈에 띄지 않았으면 너한테 무슨 사단이 나도 벌써 났을 거다.]

마치 일의 전모를 다 알고 있는 듯한 어투.

"아직도 너한테 유성회 내부의 정보를 주는 놈들이 있는가 보군. 그런데 그 얘기를 하려고 나한테 전화한 거냐?"

이혁은 굳이 부인하려고 하지 않았다.

편정호가 속한 세계의 일이었다.

그가 대전이 들썩일 정도의, 그것도 유성회가 관여되었을 것이 확실한 일에 대해 모를 거라 생각하는 건 지나치게 순진한 것이다.

[뭐야? 놀라지 않는 거냐? 그 사건에 사비고 교복 입은 학생이 섞여 있다는 소문을 듣고 일주일이나 조사해서 얻은 내용이라고!]

이혁은 피식 웃었다.

"훗, 참 쓸데없는 일에 정력을 낭비하는군."

[허, 경찰도 알지 못하고 있는 정보를 줘도 고마운 줄을 모르네.]

"고맙다는 인사를 받으려면 경찰에 그 정보를 주던가."

[아… 닝기리…….]

고개를 돌려 내뱉는 나직한 욕설이 이혁의 귀를 간질였다.

그는 싱긋 웃었다. 짤막한 목과 두꺼운 어깨를 늘어뜨리고 투덜거리는 편정호의 모습이 눈에 선했다.

그가 말했다.

"어쨌든 전화 잘했다. 마침 네게 전화하려던 참이었다."

[내게? 왜?]

"네가 해줘야 할 일이 두 가지 있다. 하나는 별로 반갑지 않은 일이고, 다른 하나는 무척 반가워할 만한 건데, 어느 것부터 들을래?"

[반가운 거만 들으면 안 될까?]

"안 돼."

[…닝기리…….]

"둘 다 싫다고?"

[아, 아니다! 반갑지 않은 것부터!]

"내가 전에 티엔티라는 학생 서클에 대해 말했던 거 기억하고 있냐?"

[그 얘기한 지 얼마 안 지났거든? 걔들은 왜?]

"동생 한 명 내게 보내. 티엔티 소속원 명단을 줄 테니까 걔들 배경에 대해 조사할 수 있는 데까지 조사해줘."

[신마적이라도 되고 싶은 거냐?]

신마적 엄동욱은 김두한이 등장하기 전까지 서울 학생패를 장악했던 건달이다.

"알면 다쳐."

심드렁한 이혁의 대답.

[아… 닝기리…….]

여전히 작게 들리는 욕설.

"뭐라고?"

[헙! 아무 말 안 했다. 정말 별로 반갑지 않은 일이구만. 반가운 일은?]

"내가 해결방법을 강구해 보겠다고 말했었던 마약제조공장 건, 다음 주에 착수하겠다."

[뭐?]

진심으로 놀란 듯 되묻는 편정호의 음성이 한껏 높아졌다.

"내가 같은 말 반복하는 거 굉.장.히. 싫어하는 거 이제 알 때도 되지 않았나?"

[알아, 알아.]

편정호가 다급하게 대답했다.

이혁이 말했다.

"티엔티 일 끝내면 내가 전화하지. 그때 보자."

[좋아. 기다리지.]

이혁은 전화를 끊었다.

그의 어깨가 힘없이 축 늘어졌다.

'어휴… 안 할 수도 없는 일이고. 애들 손보는 일까지 해야 되다니… 대전에 내려와서 정말 별짓 다하게 생겼네…….'

제9장

지나가는 남자들의 시선이 한 번씩은 극장 앞으로 향
했다. 이십대는 말할 것도 없고, 나이가 서른을 넘는 사
내들도 예외는 없었다. 극장 앞에 눈이 번쩍 뜨이는 미
소녀 셋이 서 있었기 때문이다.

　한 명은 160이 갓 넘어 보였지만 나머지 둘은 키가
170 가까이 되었다.

　반바지에 티를 입고 있는 키가 작은 소녀와 청조끼에
청바지를 입은 소녀는 학생다운 청순함이 풋풋했고, 흰
티에 검은색 스키니진을 입은 한 명은 장미처럼 화려하
고 도도해 보였다. 하지만 셋 다 우열을 가리기 힘들 만
큼 예쁘다는 공통점을 갖고 있었다. 게다가 키 큰 두 명

은 모델도 울고 갈 만큼 몸매의 윤곽선이 뚜렷해서 남자들의 시선을 자석처럼 빨아들이고 있었다.

지수가 입술을 삐죽거렸다.

"다시는 언니들하고 같이 나오지 않을 거야."

청바지를 입은 소녀, 채현이 눈을 동그랗게 떴다.

"왜?"

"사람들이 언니들만 보잖아."

"지수는 사람들의 주목을 받는 게 좋아?"

"음… 그건 아니지만, 나만 못난 거 같잖아."

채현은 빙그레 웃었다.

"지수가 아직 어려서 그렇지. 크면 너보다 예쁜 여학생은 아마 찾기 어려울 거야. 나는 지금도 네 나이 여자애들 중에서 너보다 예쁜 애는 본 적이 없는 걸."

채현이 대놓고 칭찬을 하자 부끄러운지 지수는 얼굴을 붉혔다. 하지만 칭찬은 고래도 춤추게 한다고 눈가에 떠오른 기쁜 기색은 금방 사라지지 않았다.

두 사람의 대화를 듣고만 있던 미지가 손목의 시계를 내려다보았다.

"늦네. 영화 시작할 시간이 15분밖에 남지 않았는데."

오후 5시가 다 되어가고 있었다.

"그런데 미지 언니, 변태오빠가 정말 올까요?"

지수가 잘 믿어지지 않는다는 얼굴로 미지에게 물었다. 그녀가 변태오빠라고 부르는 사람은 이혁밖에 없다.

"혁이는 올 거야."

미지의 대답은 확신에 차 있었다.

지수는 고개를 갸우뚱거렸다

"변태오빠는 누구랑 같이 다니는 거 별로 좋아하지 않는데, 어떻게 설득한 거예요?"

남과 함께 있는 걸 내켜하지 않는 이혁의 성격을 알기에 채현도 궁금하다는 얼굴로 미지의 대답을 기다렸다.

미지는 어깨를 으쓱했다.

"오지 않으면 월요일 아침에 내가 혁이 교실로 찾아가서 저번에 채현이한테 한 얘기를 교탁에서 한 번 더 할 거라고 했거든."

"……!"

채현의 입이 저절로 벌어졌다.

이혁은 협박당한 것이다.

이 협박은 정말로 강력해서 이혁은 도저히 저항하지 못할 것이 분명했다.

그녀가 더듬거리며 말했다.

"오… 겠… 네… 요."

영문을 모르는 지수는 미지와 채현을 번갈아보다가 채현에게 물었다.

"미지 언니가 뭐라고 했기에 오빠가 오겠다는 거예요?"

채현의 얼굴이 사과처럼 붉어졌다.

그녀는 세차게 도리질을 하며 말했다.

"그런 게 있어."

"힝!"

지수의 입술이 댓 발은 튀어나왔다.

그녀들이 대화를 나누고 있을 때였다.

"이야, 이거 꽃밭이 따로 없네."

불량기가 섞인 목소리가 바로 옆에서 났다.

세 소녀는 고개를 돌려 말을 한 사람을 보았다.

어느새 미지와 채현이 또래의 남학생 아홉 명이 그녀들을 둘러싸고 있었다. 말을 한 건 그들 중 리더로 보이는 학생이었다.

귀에 피어싱을 하고 요즘 유행하는 헤어스타일을 한 그는 생김새도 미남형이었고 180 정도의 키에 균형 잡힌 몸매의 소유자였다. 옷차림은 서울 강남에 떨어뜨려 놔도 빠진다는 소리는 듣지 않을 만큼 세련되었다. 그는 자신의 외모에 자신이 있는 듯 눈에 오만한 기운이 떠돌았다.

여섯 명의 남학생은 어깨와 다리를 건들거렸고, 개중에는 잇새로 침을 찍찍 뱉는 자도 있었다. 그들은 미지 등을 보면서도 주변을 향해 사나운 시선을 던지는 걸 잊지 않았다. 지켜보던 사내들이 그들의 시선을 슬며시 피했다.

채현과 지수의 얼굴에 겁먹은 기색이 떠올랐다. 하지만 미지는 눈살을 찌푸렸을 뿐 별다른 표정 변화가 없었다. 그녀는 말없이 자신들을 향해 말을 한 남학생을 똑바로 바라보기만 할 뿐이었다.

미지와 눈이 마주친 이효성은 자신도 모르게 침을 꿀꺽 삼켰다.

'기똥찬 여자애들이 있다고 남기가 연락했을 때 헛소리하지 말라고 했던 거 취소다. 대전에 이런 미녀들이 있을 줄이야! 대학생들 같지는 않고… 어디 학교 애들이지? 잘하면 오늘 소원 풀겠다.'

그가 말했다.

"뭐 그렇게 사슴처럼 눈 크게 뜰 건 없어, 잡아먹지는 않을 테니까. 그냥 우리하고 같이 좀 놀자는 것뿐이야. 어때?"

미지가 눈을 가늘게 뜨고 말했다.

"아가들아, 좋게 말할 때 꺼져. 말하는 건 너희 자유긴 하지만 여기 더 있으면 험한 꼴 당하게 될 거야."

이효성을 비롯한 아홉 명의 남학생은 입을 쩍 벌렸다. 도저히 자신들 또래의 여학생 입에서 나왔다고는 믿어지지 않을 정도로 거친 말이었다.

이효성은 크게 웃었다.

"하하하, 차라리 잘됐네. 너 말하는 폼새 보니까 어디서 좀 많이 놀았던 거 같다? 귀찮게 밀당할 필요 없겠지? 오늘 하루 네가 원하는 건 전부 내가 책임질게. 기분이다, 아주 풀코스로 끝내주지. 어때?"

"하아……."

미지는 나직하게 한숨을 내쉬며 말을 이었다.

"정말 말귀를 못 알아듣는 애네. 농담 아니야. 니들 여기서 계속 이러고 있으면 크게 다쳐. 누나가 너희들 불쌍해서 해주는 말이니까 마음 깊이 새겨들어. 조금 있으면 듣고 싶어도 들을 수 없는 귀한 충고라고."

이효성의 눈빛이 싸늘해졌다.

예쁜 여자는 무슨 짓을 해도 용서받는다는 말이 있지만 그건 뻥이다. 실제 자존심을 박박 긁어내리는 이런 말을 면전에서 듣고도 참으면 남자 소리 듣는 걸 포기하는 게 낫다.

"이런 씨발 년이! 얼굴 좀 예뻐서 오냐오냐해 주니까 이제는 머리끝까지 기어오르려고 해?"

호주머니 안에 들어 있던 그의 오른손이 휙 소리를 내며 미지의 뺨으로 날아들었다.

"아앗!"

조마조마한 마음으로 미지를 지켜보던 채현과 지수는

자신도 모르게 비명을 질렀다. 하지만 곧 비명은 잦아들었다.

이효성의 손바닥은 미지의 뺨에 닿지 못했다. 그의 팔목을 쇠갈고리처럼 단단하게 옭아맨 또 따른 손이 있었기 때문이다.

"이럴 때는 눈이라도 좀 깜박여서 조금은 겁먹은 것처럼 보이기라도 해라. 그렇게 멀뚱히 서 있으면 나서지 않아도 될 일에 나선 것 같은 생각이 들잖아."

투덜거리는 이혁의 말을 들으며 미지는 생긋 웃었다.

"늦었네."

"차가 많이 막혔다. 얘기는 이것들 마무리 짓고 하자."

그와 미지가 대화를 하는 동안 이효성의 안색은 퍼렇게 질려가고 있었다. 그의 손목을 잡은 이혁의 왼손 아귀힘은 무서웠다.

손목이 끊어지는 듯한 고통으로 인해 그는 정상적인 사고를 하기 어려울 정도였고, 몸의 다른 부분들은 마비된 것처럼 움직이지 않았다. 발로 걷어차는 단순한 행동조차 할 수 없을 정도였으니 두말이 필요 없었다.

이효성의 일행인 여덟 명의 남학생은 긴장한 얼굴로 이혁을 바라보았다. 그들은 이혁이 언제 그들을 비집고 들어와 이효성의 손목을 낚아챘는지 보지 못했다. 그들이 세 소녀를 포위하듯 에워싸고 있던 걸 생각하면 이해하기 어려운 일이었다.

이효성과 가장 가까운 친구인 오남기가 치켜뜬 눈으로 이혁을 보며 잇새로 말을 뱉었다.

"씹새야, 그 손 놔라. 뒈지고 싶지 않으면."

"쩝……."

이혁은 혀를 찼다.

채현과 지수의 겁먹은 얼굴을 보자 모처럼 속에서 불이 났다. 하지만 사내놈들을 제대로 두들기기엔 장소가 너무 좋지 않았다. 일이 어떻게 전개될지 흥미진진하다는 눈으로 지켜보는 눈이 수백 개가 넘었다.

하지만,

이혁은 남의 눈을 신경 쓰며 살아오지 않았다.

이혁은 이효성의 손목을 놓았다.

이효성이 그 자리에 힘없이 무릎을 꿇으며 팔목을 끌어안았다.

"으으으으……."

억눌린 신음이 그의 입술 사이로 흘러나왔다. 그와 동고동락(?)을 해온 일행의 눈에 불이 났다. 그 불에 이혁은 기름을 끼얹었다.

이혁의 손바닥이 이효성의 옆머리를 귀싸대기 후려치듯 한 방 갈긴 것이다.

퍽!

"컥!"

비명 소리와 함께 이효성이 데굴데굴 굴러갔다.

"이런 개새끼가!"

오남기가 눈을 홉뜨며 달려들려 했지만 그보다 이혁이 먼저 움직였다. 그는 바지 호주머니에 손을 넣으며 오른발을 내질렀다.

픽!

"우웩!"

괴상한 비명 소리와 함께 오남기가 달려들던 속도의 몇 배는 됨직한 속도로 뒤로 튕겨 나갔다.

남은 일곱 명은 멈칫거렸다. 그들 중 싸움을 가장 잘하는 사람이 이효성과 오남기였다. 그런 둘이 단 한 방씩에 패대기친 개구리꼴이 되었다. 겁먹은 것이다.

이효성과 오남기는 정신을 잃지는 않았지만 쉽게 일어나지도 못했다. 골이 흔들리고 복부가 끊어지는 것 같은 고통이 쉽게 가시지 않았기 때문이다.

이혁의 시선이 일곱 중 한 명에 닿았다.

둘이 쓰러지자 남은 학생들은 그자의 눈치를 보았다. 일행 중 넘버 쓰리라는 뜻이다.

이혁이 그에게 물었다.

"어디 학교냐?"

낮은 중저음.

송인우는 입술을 물었다. 질문 하나 받았을 뿐인데 가슴이 덜컥 내려앉는 듯한 기분이 든 때문이었다.

그가 악을 쓰듯 소리쳤다.

"대(大)대일공고다, 씨발놈아."

이혁의 눈빛이 묘해졌다.

'대일공고? 김범준이 다니는 학교잖아. 일을 어떻게 만들까 고민하고 있었는데 알아서 시비를 걸어주다니. 이거 일이 이렇게도 풀리는군.'

그는 기분이 좋아졌다.

이런 걸 두고 옛사람들은 불감청이언정 고소원이라고 했다.

마음이 얼굴에 그대로 드러났다.

그는 싱긋 웃으며 말했다.

"나는 사비고의 이혁이다."

"이혁?"

"이… 혁!"

"미… 친개 이혁!"

송인우는 물론이고 이혁을 포위하고 있던 여섯 명의 남학생이 눈을 왕방울만 하게 뜨며 뒤로 주춤주춤 물러났다.

미소가 감돌던 이혁의 얼굴이 일그러졌다.

아무리 별명이라지만 면전에서 미친개 소리를 듣고

웃을 수는 없는 노릇이다. 그는 자신의 별명을 정말 좋아하지 않았다.

이혁은 떨떠름한 얼굴로 입을 열었다.

"범준이가 너희 학교 짱이지?"

"개새끼가! 범준 형이 니 친구냐!"

일곱 중 한 명이 소리를 질렀다.

이혁의 흑백이 뚜렷한 두 눈이 그에게 닿았다.

욕을 더 이어 하려던 그자의 입술이 조가비처럼 꼭 다물리더니 더는 열리지 않았다. 그는 이혁의 시선을 1초도 맞받지 못했다.

이혁이 소리 없이 웃으며 고개를 푹 숙인 그에게 말했다.

"고딩이나 되어서 말을 그렇게밖에 못하겠냐. 고운 말 써라. 세종대왕님께서 고생고생하시며 만든 한글이다."

그는 시선을 돌려 이효성을 보았다.

"범준이한테 내가 좀 보잔다고 전해라. 후배를 잘못 가르쳤으면 선배가 좀 맞아야지. 나 영화 한 편 보고 나올 테니까 끝나는 시간에 회초리 몇 개 들고 여기서 무릎 꿇고 기다리라고 해. 혼자와도 좋지만 가급적 친구를 많이 데리고 오라고 해라, 내가 원한다고. 너희도 알다시피 회초리는 같이 맞는 친구가 많을수록 덜 아프잖아."

"네놈이 원한다면 그렇게 해주지. 오늘 곡소리 날 거

다. 각오하는 게 좋을 거야."

송인우가 이를 갈며 말했다.

이혁은 귀찮아하는 기색이 역력한 얼굴로 손을 휘저었다.

"곧 영화 시작할 시간이다. 귀 따가우니까 시끄럽게 짖지 말고 가서 말이나 전해."

일곱은 이효성과 오남기를 부축해서 극장 앞을 떠났다.

이혁은 바로 세 소녀를 데리고 근처의 택시정류장으로 갔다. 사람들이 떠나지 않고 호기심 어린 눈으로 그들을 지켜보는 게 귀찮았기 때문이다.

10여 명이 택시를 기다리고 있는 줄 뒤에 선 이혁이 미지에게 고개를 돌리며 말했다.

"영화는 나중에 다른 거 보자. 이 영화 별로 재미없대. 평점도 별로라더라. 애들 데리고 집으로 돌아가."

헛소리였다. 현재 예매율 1위인 영화다. 게다가 벌써 표도 샀다.

미지가 굳은 얼굴로 말을 받았다.

"같이 가."

"들었잖아. 두 시간 후에 일 치러야 해."

"범준이가 누군지 모르지만 무리지어 올 거야. 한 손이 열 손을 당할 수 없다고 했어. 아무리 너라도 다칠지 몰라."

"정말 그렇게 생각해?"

이혁은 싱긋 웃으며 물었다.

미지는 대답을 하지 못했다.

"가. 누나한테는 아무 말 하지 말고."

미지는 입술을 꼭 깨물었다.

"변태오빠, 무서워. 같이 가."

"오빠, 위험해요. 함께 돌아가요."

이혁을 보는 채현과 지수의 얼굴에 걱정스런 기색이
가득했다.

이혁은 미소를 지우지 않은 채 말했다.

"돌아가 있어. 10시 전에 아주 건강한 모습으로 하숙
집에서 볼 수 있을 테니까 걱정하지 말고."

"혁아……."

"오빠……."

"변태오빠……."

이혁은 미지에게 손을 내밀었다.

"표 한 장."

"……?"

"두 시간 동안 뭐 하냐? 영화나 봐야지. 차례다. 타."

어느새 그들 앞에 있던 줄은 사라지고 보이지 않았다.

이혁은 그를 보며 머뭇거리는 세 소녀를 택시 안으로

밀어 넣었다.

　영화를 보는 동안 이혁은 세 통의 전화를 받았다.

　첫 번째 전화는 영화 시작하고 10분 뒤에 왔다.

　[티엔티에 비상동원령 떨어졌다. 애들이 은행동으로 몰려들고 있어. 나도 가겠다.]

　남영주였다.

　"귀찮아. 우리 학교 애들 눈에 띄면 티엔티 놈들 손보기 전에 먼저 밟아주마. 너도 시내 한복판에서 개망신 당하기 싫으면 오지 마."

　[너, 진짜 말 지랄맞게 한다.]

　이혁은 전화를 끊었다.

　두 번째 전화는 그 10분 뒤에 왔다.

　[구경 가도 되나?]

　편정호였다.

　"죽고 싶으면."

　[야!]

　이혁은 전화를 끊었다.

　세 번째 전화는 그 10분 뒤에 왔다.

　[너, 어디야?]

　앞의 두 전화와 달리 이번에는 이혁도 신중하게 전화를 받았다.

목소리의 주인이 이수하였으니까.

"은행동이요."

[거기 무슨 일 있어? 여성청소년계 형사들이 은행동 쪽 학생들 분위기가 뒤숭숭하다고 알아봐 달라는데?]

이수하였다.

이혁은 혀를 내둘렀다.

촉 하나는 정말 귀신이 따로 없었다. 어떻게 학생들 분위기가 뒤숭숭하다고 자신부터 추궁할 생각을 한 걸까.

"애들끼리 투닥거리나 보죠. 저 영화 보는 중입니다. 전화 끊겠습니다."

이혁은 전화를 끊었다.

영화는 장르가 로맨스코미디였다.

이혁이 가장 싫어하는 장르다.

그는 휴대폰 배터리를 분리했다. 그리고 늘어지게 잤다.

영화가 끝나자 극장 안은 부산스러워졌다.

눈을 뜬 이혁은 가볍게 목을 돌리면서 자리에서 일어났다.

극장을 나선 그는 두 시간 전 자신에게 한 대씩 얻어맞았던 이효성과 오남기가 현관 로비에서 자신을 기다리고 있는 것을 볼 수 있었다.

둘뿐이었다.

이혁은 소리 없이 웃으며 말했다.

"하긴 이곳은 일을 벌이기에 적당한 장소가 아니지. 안내해라."

이효성과 오남기의 눈빛이 살벌해졌다.

"개새끼, 조금 있다가 살려달라고 빌지나 마라."

이혁은 어깨를 으쓱했다.

"개꿈은 몸에 해로워. 너무 오래 꾸지 않도록 내가 도와주마."

이효성과 오남기는 이를 갈며 몸을 돌렸다.

둘이 이혁을 안내한 곳은 은행동 외곽의 5층짜리 신축건물 공사현장이었다.

시간이 7시를 넘은 터라 현장에서 일하던 사람들은 모두 퇴근하고 텅 비어 있어야 했다. 있는 사람이라고 해야 야간 경비원 정도에 그쳐야 정상이었다. 하지만 현장 둘레를 3미터 높이로 둘러싸고 있는 펜스의 안쪽은 지금 절대 경비원으로 보이지 않는 십대 후반의 남학생들로 꽉 차 있었다.

대충 어림잡아도 족히 백 명은 됨직한 숫자였다.

이혁의 뒤로 문이 다시 닫혔다. 그는 슬쩍 허리춤을 어루만지며 싱긋 웃었다.

'편정호의 변태동생에게 뺏은 디카가 이렇게 요긴할

줄은 몰랐는걸.'

허리 안쪽에는 편정훈에게서 얻은 디카가 렌즈만 빼꼼 내놓은 채 매달려 있었다. 디카는 현재 돌아가고 있었다. 상대의 숫자를 생각하면 쓸 일이 있을 것 같지는 않았지만 혹시 모르는 뒷일을 대비해 녹화 중인 것이다.

담배를 꼬나물고 계단에 앉아 있던 김범준의 눈이 반짝였다.

꽁초를 발로 비벼 끈 김범준이 이혁을 향해 말문을 열었다.

"네가 이혁이란 놈이로군. 어떻게 생긴 쌍판대기인지 정말 보고 싶었다."

이혁은 오른손 바닥으로 얼굴을 슬쩍 쓸었다.

"너보다 잘생겼지?"

김범준은 어이가 없는 듯 고개를 젖히고 웃었다.

"하하하하하."

"훗!"

그의 뒤에 서 있던 방찬일과 권도준 등 티엔티의 수뇌부를 이루고 있는 자들도 함께 헛바람 소리를 냈다.

서울에서 부른 세 명과 방찬일의 도움을 얻어 투입했던 열네 명의 폭주족이 이혁 혼자에게 박살났지만 그때와 지금은 상황이 달랐다.

지금 이곳에는 손에 각목을 들고 김범준의 명령만 떨

어지길 기다리고 있는 학생들의 숫자가 일백 명이 넘었다. 그리고 그 숫자는 시간이 갈수록 늘어나는 중이었다. 지금도 수뇌부의 동원령을 받은 티엔티 소속의 많은 학생들이 이곳으로 달려오고 있으니까.

김범준이 뱉듯이 말했다.

"하, 별명이 미친개라고 하더니. 네놈 하는 짓을 보니까 누가 지었는지 몰라도 정말 잘 어울리는구나."

그가 말을 이었다.

"네놈을 골로 보내기 전에 고맙다는 말을 하고 싶다. 내가 정말 바랐지만 어떻게 할 수 없었던 판을 네가 알아서 깔아줬거든."

이혁은 어깨를 으쓱했다.

"웃기는 놈이군. 네가 바랐든 말든 그런 건 관심 없고. 계속 이빨만 깔 거냐? 말장난이나 하려고 바쁜 나를 부른 건 아니잖아?"

김범준의 두 눈이 분노와 살기로 끓어올랐다.

"씨벌놈이! 판단력이 마비되었냐? 네 주변에 있는 우리 애들이 안 보여? 뒈지고 싶지 않으면 혀를 함부로 놀리지 마라."

이혁은 눈을 돌려 자신을 포위한 남학생들을 둘러보았다.

그가 피식 웃었다.

"이 허수아비들은 뭐냐? 논에 있어야 할 허수아비들이 왜 공사판에 있는 거냐?"

"허……."

김범준은 말문이 막혔다.

아무리 간이 크고 주먹질을 잘하는 자라고 해도 이 숫자에 포위당하면 겁을 먹거나 적어도 긴장하는 것이 정상이었다. 하지만 이혁은 겁을 먹지도, 긴장을 하지도 않았다. 간이 배 밖으로 나왔다는 표현이 무색할 지경이었다.

말문이 막힌 그를 대신해 이혁이 말했다.

"너 같은 꼬마하고 말 섞기 귀찮다. 내가 먼저 시작하지."

'지' 라는 말이 끝나기도 전에 이혁이 움직였다.

퍼퍽!

그의 앞에 있다가 번개 같은 이혁의 주먹에 명치를 찍힌 두 명의 학생은 뭐가 어떻게 된 건지 깨닫지도 못한 채 얼굴이 노랗게 변하며 모래성처럼 무너져 내렸다.

이혁은 쓰러지는 그들이 놓친 각목을 받아 들었다.

그것을 본 김범준의 안색이 변했다.

그를 비롯해 이 자리에 있는 자들 중 그 누구도 이혁의 주먹이 언제 두 명의 학생을 쳤는지 보지 못했다.

이혁의 움직임은 믿을 수 없을 정도로 빨랐다.

김범준이 벌떡 일어서며 소리쳤다.

"그 새끼를 죽여!"

이혁이 풀썩 웃었다.

"하하, 말은 참 쉬워요."

그의 눈빛이 서늘해졌다.

상대의 숫자가 아무리 많아도 어차피 자신을 둘러싸고 있는 서너 명만 반복해서 상대하면 되는 싸움이었다. 티엔티 소속 학생들은 각목을 들고 있는 상태라 옆 간격도 넓어서 동시에 이혁을 공격하는 숫자가 서넛을 넘기 어려웠다.

남들이 들으면 황당무계하다고 할 일이었지만 그는 학생들 전부를 때려눕히는 건 시간이 걸리긴 해도 불가능하지 않다고 생각했다. 맨주먹이라 해도 그럴 텐데 지금 그의 손에는 각목까지 들려 있지 않은가.

날아드는 각목의 각도와 속도는 이혁이 한숨을 쉬고 싶을 지경으로 마구잡이여서 눈을 감고 싸워도 때려눕힐 수 있다는 자신감이 생길 정도였다.

하지만 이혁은 학생들 전부를 상대로 싸우는, 그런 비생산적인 수고로움을 감수할 생각이 전혀 없었다.

허수아비 같은 자들이라 해도 숫자가 백을 넘었다. 아무리 그라 해도 땀깨나 흘려야 하는 숫자인 것이다.

이혁의 눈빛이 강렬해졌다.

이런 류의 싸움은 어차피 머리 역할을 하는 자를 잡아야 끝이 난다.

자신의 머리와 어깨에 떨어지는 네 개의 각목보다 더 빠른 속도로 이혁의 몸이 아래로 푹 꺼지듯 가라앉았다. 주저앉은 그는 왼발 뒤축에 중심을 두고 원을 그리며 돌았다. 동시에 그의 두 손이 움직였다. 두 자루의 각목이 빗자루를 쓸 듯 그를 중심으로 지면과 수평을 이루며 원을 그렸다.

그 원 안에 그를 향해 달려들던 학생들의 발목이 걸렸다.

따다다다다다닥!

"아악!"

"억!"

"크악!"

대나무가 부러지는 듯한 소리와 고통에 겨운 비명 소리가 쉴 새 없이 터져 나왔다.

발목이 부러진 학생 네 명이 균형을 잃고 사방으로 튕겨 나가며 뒤에 있던 학생들과 뒤엉켜 쓰러졌다.

쓰러지는 학생들의 발목은 기형적으로 꺾여 있었다. 부러진 것을 한눈에 알 수 있는 상처였다.

너무나 순식간에 벌어진 상황.

이혁 주변은 커다란 혼란에 빠졌다.

쓰러진 학생들을 피하며 여러 명이 이혁을 향해 달려들었다. 그들의 눈은 벌겋게 변해 있었다. 무리를 이루는 자들은 같은 편의 사람이 쓰러지는 것을 보면 두려움보다는 분노를 먼저 느낀다. 그것은 자연스러운 반응이었다.

쇄도하는 그들의 속도는 빨랐지만 쓰러진 자들을 피하느라 잠시의 주춤거림은 어쩔 수 없었다. 그 짧은 틈이면 충분했다.

이혁은 튕기듯 자리에서 일어나며 자신을 향해 쇄도하며 휘두르는 각목 사이를 바람처럼 지나쳤다.

그냥 지나가는 건 아니었다.

따닥!

"아악!"

"크윽!"

그의 좌우에 있던 자들이 각목을 놓치며 머리를 싸매고 주저앉았다. 터진 그들의 이마에서 흐른 핏물이 그들의 얼굴을 붉게 물들였다.

따닥!

따닥!

차돌 두 개가 부딪치는 것 같은 소리는 끊임없이 났다.

그때마다 여지없이 비명 소리와 함께 두 명의 학생이 터진 머리를 부여잡고 쓰러졌다. 예외는 존재하지 않았다.

이혁이 작정하고 움직이는 돌파였다. 숫자가 몇이든 머릿수로 그를 막는다는 건 불가능했다. 학생들은 상상도 하지 못했지만 애당초 이혁과 그들의 능력은 비교가 무의미할 만큼 차이가 극심했다.

그들의 공격은 이혁에게 닿지도 않았다. 손이 움직이기도 전에 머리가 깨지는 것이다. 이혁의 손에 들린 게 도검류가 아니라 각목이라는 것에 감사해야 할 판이었다.

싸우다 보면 두려움이 분노를 이기는 때가 온다. 상대가 압도적으로 강하다는 걸 인식할 수 있는 순간이 바로 그때다. 그리고 그때는 기세가 꺾이는 순간이기도 했다.

거친 숨소리와 기합성, 욕설이 난무하던 팬스 안의 공터가 조금씩 조용해져 갔다.

이혁이 김범준의 앞 2미터 앞에 도착했을 즈음, 공터는 완전한 적막에 휩싸였다.

이혁의 뒤로 20여 명이 이열 종대를 이루며 쓰러져 있었고, 그 양편으로 남은 80여 명의 학생이 각목을 든 채 공포에 질린 눈으로 이혁을 보고 있었다.

이혁은 뒤를 돌아보지 않았다.

그는 흰 이를 드러내고 소리 없이 웃었다.

그와 눈을 마주친 김범준의 얼굴이 시퍼렇게 질렸다.

티엔티 수뇌부를 이루는 학생의 숫자는 김범준과 방찬일, 권도준 등을 포함 모두 열다섯이다. 그리고 그들 모두가 이 자리에 있었다.

이혁은 어깨를 으쓱하며 말했다.

"나를 불렀을 때는 각오도 함께했었어야지."

"너… 너… 뭐 하는… 놈이냐?"

방찬일이 더듬거리며 물었다.

이혁이 심드렁한 어투로 말을 받았다.

"범준이가 나보고 하는 말 못 들었냐? 미친개라고!"

그의 손에 들린 각목이 멈췄던 춤을 다시 추기 시작했다.

따다다다다다닥!

"으아아아아아아악!"

처절한 비명 소리가 합창하듯 공터를 뒤흔들었다.

반항할 틈도 없이 이마가 깨진 김범준이 먼저 비명을 지르며 뒤로 반듯하게 넘어갔고, 뒤를 이어 어깨뼈와 정강이가 부러진 방찬일이 쓰러졌다. 권도준 이하 다른 자들의 신세도 별다를 바 없었다.

이혁의 매타작을 지켜보는 80여 명의, 온전한 학생들은 전신을 떨며 뒤로 주춤주춤 물러났다.

각목을 휘두르는 이혁의 손에는 한 점의 인정도 실려 있지 않았다.   •

무자비.

보는 이들을 절로 떨게 만드는, 말 그대로 무자비하기

이를 데 없는 구타를 했다.

피칠갑을 한 티엔티 수뇌부가 비명도 지르지 못한 채 금방이라도 넘어갈 듯 숨을 헐떡거릴 즈음이 되어서야 이혁은 손을 멈췄다.

김범준은 눈이 반쯤 돌아간 채 빌었다.

"살려… 살려… 주세요……."

"제발 그만……."

"흑흑흑……."

공포에 질린 애걸과 울음소리가 공터 바닥에 깔렸다.

개중에는 똥오줌을 지린 자들도 여럿 있었다.

매에는 장사가 없다. 그들은 정말 죽을지도 모른다는 공포를 느끼고 있었다. 지금의 그들에게 자존심은 존재한 적도 없는 단어였다.

턱!

이혁은 각목을 던져 버렸다.

표정 없는 얼굴, 감정이 느껴지지 않는 눈빛이다.

그는 낮은 목소리로 말했다.

"한 번 더 나를 자극하면 그때는 이 정도로 끝나지 않아. 아직 너희가 어려서 약하게 손본 거라는 걸 알아둬라."

"예……."

김범준.

"감사… 합……."

방찬일.

"고맙습……."

권도준 순이었다.

그 뒤로 다른 자들도 한 마디씩 했지만 입술이 찢어지고 뭉개지거나 턱이 돌아가서 무슨 말을 하는지 알아듣기 어려웠다.

이혁은 몸을 돌렸다.

아직 각목을 들고 있던 학생들이 질겁하며 그것을 등 뒤로 숨겼다가 바닥에 던졌다.

턱! 턱! 턱!

이혁이 좌중을 돌아보며 말했다.

"나, 조용히 살고 싶다. 건드리지 마라. 알았냐?"

"예, 알겠습니다!"

귀청이 떨어질 듯한 대답 소리였다.

갓 입대한 신병들도 이들보다 군기가 바짝 들어 있지는 않을 것이다.

이혁은 고개를 끄덕이며 발을 떼었다.

이곳에서의 일은 끝난 것이다.

그가 걸어가는 방향에 있던 자들이 홍해가 갈라지듯 좌우로 쭉 물러나며 넓은 길이 났다.

"안녕히 가십시오!"

허리를 90도로 꺾으며 이혁을 배웅하는 자들의 이마에 식은땀이 송골송골 솟아 있었다.

문 앞에 도착한 이혁이 생각난 듯 고개를 돌리고 한마디 했다.

"사비고 학생들 건드리지 마라. 하지만 개인적으로 나와 면담을 하고 싶은 놈은 그래도 된다."

"절대로 건드리지 않겠습니다!"

발악하듯 소리치듯 학생들의 말을 뒤로하고 이혁은 문을 열었다.

열린 문으로 걸어나가던 그가 움직임을 멈췄다. 그리고 뒤를 돌아보며 검지를 입술 앞에 곧추세웠다.

"알지? 쉿! 이 일로 누군가 나를 귀찮게 하면 너희들… 나를 다시 보게 될 거다."

김범준 이하 학생들은 하얗게 질린 얼굴로 정신없이 고개를 끄덕였다. 그들은 진심으로 이혁을 다시 보고 싶지 않았다.

펜스 밖에도 수십 명의 남학생이 모여 있었지만 감히 이혁의 앞을 막는 사람은 없었다. 보지는 못했지만 펜스를 넘어온 소리들은 안에서 어떤 일이 벌어졌는지 알려주었으니까.

이혁은 걸음을 멈추지 않았고, 안에서와 마찬가지로 밖에도 학생들 사이에 큰 길이 났다.

휘적휘적 걷는 그의 입가에 모처럼 미소가 떠올랐다.

'그래도 한 가지 일은 마무리된 거지? 더는 영주 놈이 상우 때문에 날 귀찮게 하지는 않겠군.'

가로등 불빛이 그의 옆으로 긴 그림자를 만들어내고 있었다.

제10장

이혁이 블랙진에 검은 티를 입고 검은 가죽장갑을 뒤호주머니에 꽂는 걸 본 시은의 안색이 조금 굳었다.

밤 12시가 넘어 1시를 향해 가는 시간이었다.

시은은 보던 책을 접고 일어났다.

이혁은 외출을 준비하고 있었다, 그것도 임무에 투입될 때 입었던 것과 같은 복장으로.

그녀는 이혁의 팔뚝을 잡았다.

"무슨 일이니?"

"알아볼 게 있어."

이혁은 덤덤한 어조로 대답했다. 하지만 시은은 그 대답에 더 안색을 굳혔다.

"무얼 알아보기에 그렇게 하고 나가려는 거니?"

"별거 아냐. 그냥 눈을 피할 필요가 있는 일일 뿐이야."

"사람 눈을 피해야 하는데 별일이 아니라고? 어제는 형사들도 찾아왔었잖아!"

아래층에 들릴 수도 있어 작게 말하던 시은의 언성이 조금 높아졌다.

이혁은 혀를 찼다.

시은이 그냥 물러날 기색을 보이지 않는 것이다. 그렇다고 미주알고주알 얘기해서 쓸데없이 걱정시킬 생각은 없었다.

"그건 폭주족들 때문이라고 설명했잖아, 누나. 그리고 이건 내 일이 아니야. 그저 필요한 정보가 있어서 그걸 얻으러 나가는 거야. 위험한 일은 없을 테니까 걱정하지 마."

그의 대답에 시은은 미심쩍어 하면서도 잡고 있던 팔을 놓았다.

이혁은 그녀에게 거짓말을 한 적이 없었다.

그가 그렇다면 그런 것이다.

"하지 않았으면 좋겠지만 쓸데없는 얘기겠지?"

이혁은 쓴웃음을 지으며 시은의 손을 잡아 한번 쥐었다가 놓았다.

"해야 할 일이야. 약속이거든. 늦을 거니까 먼저 자, 누나."

"조심해."

"알았어."

시은은 밖으로 나와 2층 난간을 부여잡고 아래를 보았다.

그녀는 골목의 짙은 어둠 속으로 바람처럼 사라지는 이혁의 뒷모습을 볼 수 있었다.

'혁이는… 평탄하게 살 수 있는 운명은 아닌 거 같아……. 하아… 석주 오빠, 우리 혁이… 어떻게 해요……?'

그녀는 작게 한숨을 쉬었다.

오늘따라 어디에 있는지 모르는 장석주가 더 보고 싶었다.

이혁이 편정호와 약속한 곳은 대전을 벗어나 남쪽으로 20킬로미터 정도 가야 하는 외진 야산지대였다.

구름이 달을 가리고 있어 야산은 괴물이 웅크리고 있는 듯한 실루엣으로 드러날 뿐이었다.

편정호는 해발 200여 미터 정도 높이의 낮은 야산두 개가 마주하고 엎드려 마치 높은 산의 계곡과 같은형태를 만들어놓은 곳의 입구에 있었다.

어둠 속의 그늘에 은신하고 있는 탓에 앞서 얘기를 듣지 못했다면 이혁도 그를 찾기 힘들었을 것이다.

"칼이군."

그림자처럼 자신의 왼편에 도착한 후 어둠 속에 스며드는 이혁을 보며 편정호는 히죽 웃었다.

그는 왼팔목에 찬 시계를 가볍게 흔들어 보였다.

시침은 새벽 1시를 가리키고 있었다.

이혁은 약속시간 10초 전에 도착했다.

그의 숨결은 아직 뜨거웠다. 이곳에서 큰 길까지는 3킬로미터 정도 거리가 있다. 그는 뛰어온 것이다.

"고소하단 표정인데?"

뱉듯이 말하며 마주쳐 오는 이혁의 눈빛이 쏘는 듯하자 편정호는 재빨리 웃음을 지우고 슬그머니 고개를 돌리며 말을 받았다.

"설마… 흐흐흐."

편정호는 낮은 웃음을 흘렸다.

웃음을 멈춘 그가 지나가는 어투로 말했다.

"대전에 사비고 천하가 열렸다는 말이 돌던데? 광견무적(狂犬無敵)이라는 말과 함께 말이야."

이혁의 얼굴이 와락 일그러졌다.

편정호는 입술 사이로 새어 나오려는 웃음을 억지로 참느라 가슴이 답답할 정도가 되었다.

"헛소리 계속하겠다면 나는 가겠다."

"하여튼, 농담도 못 한다니까. 일백 가까운 숫자가 다구리 놓으려다가 역으로 박살난 거라 애들 중에 신고하는 놈은 없는 것 같다. 해봤자 자신들만 처벌받을 일이기도 하고. 하지만 그 자리에 있던 학생들이 너무 많아. 대전 전역에 네 소문이 아주 짜하다. 그리고 대전의 여러 경찰서 폭력팀과 강력팀 형사들에게 네 존재가 흘러 들어 간 것 같다. 조심해. 짭새들이라고 전부 세금도둑은 아니야. 개중에는 사건에 목숨을 건 진짜 독종과 꼴통들도 있다, 이수하 같은."

편정호는 말을 멈췄다.

화제를 바꾸어야 할 타이밍이었다. 더 이상의 얘기는 사족이었으니까.

그는 손을 들어 야산의 사이로 난 길을 가리켰다.

길은 폭이 2미터 정도밖에 되지 않았다.

차 한 대가 간신히 지나갈 수 있을 정도다.

길의 안쪽은 괴괴한 어둠에 덮여 있었다.

"저 안쪽으로 300미터 정도 들어가면 200평 정도의 평지가 있고, 그곳에 건물이 세 채 있다. 그곳이야."

"조사를 해본 적은 있나?"

"없어."

편정호는 짧게 대답한 후 말을 이었다.

"이 앞 50미터 정도 되는 곳부터 평지를 빙 둘러싼 담장과 철조망이 설치되어 있다. 감시카메라가 문의 양쪽에 달려 있고, 담장에도 10여 대가 있어. 적외선 감시가 가능한 고가품들이다. 그리고 감시카메라의 사각이 생기는 장소가 네 곳 정도 있긴 한데, 거기는 교대로 경비하는 놈들이 있다. 그곳까지 가는 것도 쉬운 일이 아니다. 네 곳 모두 앞이 툭 트여 있어서 말이지."

말을 하며 편정호는 땅에 감시카메라의 위치와 사각이 생겨나는 지점의 모습을 그렸다.

그림의 몇 곳을 짚으며 설명을 한 그는 발로 그림을 지웠다. 이 부근에서는 어떤 흔적도 남겨서는 안 되는 것이다.

그가 말을 이었다.

"몇 번 와봤지만 빈틈을 발견하지 못했다. 이 방면의 전문가가 손을 본 거 같아. 발각당하지 않고 입할 수 있는 방법이 있나 찾아봤지만……."

편정호는 말끝을 흐리며 어깨를 으쓱했다.

뒷말이야 들어보나마나다.

이혁이 굵은 눈썹을 찌푸렸다.

"건물의 내부구조나 안에 거주하는 인원, 경비상태를 전혀 모른다는 말이로군."

편정호가 바위처럼 넓적한 어깨를 으쓱하며 입맛을

다셨다.

"뭐… 결론적으로는… 그렇다는 얘기지……. 흐흐흐."

웃음으로 말끝을 얼버무린 편정호가 말을 이었다.

"오가는 차량을 감시한 결과로는 출입문과 담장 부근을 비롯한 외부경비하는 자들을 제외하고 건물 안에 대충 십여 명이 있는 듯하지만… 그것도 백 프로 확실한 건 아니다."

"신고로는 답이 없겠군."

"그래, 아주 철저한 놈들이다."

이혁의 중얼거림에 편정호는 고개를 끄덕이며 말을 받았다.

이혁은 미간을 좁힌 채 생각에 잠겼다.

'감시카메라가 저렇게 앞에 나와 있다는 것은…….'

단순히 침입자를 감시하기 위해서라고 보기에는 첫 번째 감시카메라의 위치가 건물과 너무 멀었다.

이혁은 어떤 경우에 이런 식으로 감시카메라를 설치하는지 알고 있었다. 경험한 적이 있었으니까.

'시간을 벌겠다는 의미다. 그럼 도피처가 있다고 보는 게 맞겠지. 지상에서 작업을 할 리는 없고… 지하에서 작업을 한다……. 감시 카메라와 건물과의 거리는 250미터, 경찰이 입구를 부수고 차량으로 이동해서 하차 후 건물로 진입할 때까지의 시간을 3분으로 잡으

면… 그 시간 내에 중요한 물건은 챙겨서 튈 수 있다는
거겠지……. 비밀통로가 있겠군…….'

이혁은 눈살을 찌푸렸다.

그가 생각한 건 경찰이 본격적으로 투입되었다는 가
정하에 진행되는 상황이었다. 하지만 그것을 가능하게
하려면 경찰이 분명한 증거를 토대로 압수수색영장을 발
부받아 품에 갖고 있어야 했다.

만약 경찰이 영장 없이 건물 내로 진입하려 할 때 문
을 지키고 있는 자들이 진입을 거부하면 진입할 수가 없
게 된다.

그것이 법인 것이다.

그리고 분명한 증거가 없다면 경찰은 이곳까지 와서
저 안에 있다는 집을 수색하려 하지도 않을 터였다.

그럴 거 같더라는 식의 제보로는 경찰이 적극적으로
움직이지 않는다.

그렇게 여유 있게 움직일 경찰의 인력은 없다.

만성적인 인력 부족은 경찰의 고질적인 문제다. 게다
가 처리해야 할 사건은 그들의 코앞에 항상 쌓여 있다.

경찰이 적극적으로 움직일 수 있는 확실한 증거를 확
보해야 했다.

그것이 이혁이 지금 이 자리에 있는 이유였다.

이혁이 생각에 잠겨 있는 모습을 힐끔거리던 편정호

가 망설이며 물었다.

"저 자식들을 보호하는 건 유성회가 확실하다. 일전에 네게 말했던 유성회 행동대 넘버투 장일수와 행동대장 지만호가 이곳에 출입하는 것이 목격되었으니까. 문제는… 저들의 뒤에 서울의 태룡회가 관련되어 있을 가능성이 크다는 데 있다. 이곳을 출입한 자들 중에 박찬영 놈이 목격되었는데, 그놈은 태룡의 서복만이 아낀다는 태룡회의 손꼽히는 파이터거든."

마른 입술을 축인 편정호의 얘기는 계속되었다.

"내가 저 자식들을 손봐야겠다고 생각하면서도 차일피일 미룬 것은 그 때문이었다. 태룡이 뒤에 있는 게 확실하다면 내가 저들에게 손을 대는 건 자살행위나 마찬가지니까."

무심한 눈으로 얘기를 듣던 이혁이 편정호를 보았다.

별다른 감정이 느껴지지 않는 눈길이었다.

두려움이나 망설임은 눈을 씻고 보아도 찾을 수 없는 눈이기도 했다.

"확실한 거냐?"

"확실한 건 없다. 조심해서 조사를 해야 했기 때문에 정보의 깊이가 부족하기도 하지만, 태룡회 정도의 조직이 행사를 하는데 추적이 가능할 만큼 명확한 흔적을 남길 리가 없잖냐."

편정호의 대답은 떨떠름했다.

그는 자신의 능력에 자부심을 가진 사내였다. 그러나 그의 자부심과는 상관없이 객관적으로 태룡회와 그가 거느린 정근이파의 잔존세력이 보유한 전력의 차이는 하늘과 땅만큼이나 컸다.

태룡회의 보스 서복만이 손가락 하나 까닥이는 것만으로도 그의 세력은 붕괴될 수 있었다.

그가 이 정도를 조사한 것만으로도 사실 대단한 일이라고 할 수 있는 것이다.

그리고 그가 자신들의 뒷조사를 한 사실을 태룡회가 알게 되면 그가 암흑가에서 은퇴하는 정도로 일이 마무리되지 않을 일이었다.

편정호의 말은 이어졌다.

"한 가지 이해가 가지 않는 건 태룡의 서복만과 상산의 오자룡은 지금까지 직접 약에 손을 댄 적이 없었는데 왜 서복만이 갑자기 약에 손을 대기 시작했느냐는 거다. 태룡에 돈이 모자란다는 얘기는 들은 적이 없거든. 서울에서만 연간 수백억이 넘는 돈을 벌어들인다는 자들이 자금이 없어서는 아닐 텐데……. 이쪽 시장을 장악한다면야 당연히 이익은 막대하겠지만 그렇다고 해도 이해하기가 쉽지는 않은 일이다. 아마 너도 알겠지만 우리나라의 검경은 다른 건 대충 넘어가도 약과 총기류가 관련된 일은 절대로 그냥 넘어가지 않잖아. 일이 잘못되면 태릉회의 근간이 뒤흔들릴 수도 있는 일인데 말이야."

그는 고개를 갸우뚱거리고 있었다.

"서복만이 갑자기 돌았나 보지."

이혁의 명쾌한 결론이었다.

편정호는 어처구니가 없어 풀썩 웃어버렸다.

"훗, 네 말을 토씨 하나 빼지 않고 서복만에게 전해줄 수 있었으면 소원이 없겠다. 그가 네 말을 듣고 어떻게 나오는지 정말 보고 싶거든."

"어쩌면 볼 기회가 올지도 몰라. 그러니까 희망을 버리지 말고 가슴에 꼭꼭 담아둬. 그렇다고 희망고문까지 당하지는 말고."

편정호의 왼손 주먹이 꽉 움켜쥐어진 채 부르르 떨렸다. 이혁에게는 보이지 않는 쪽의 주먹이다.

'아… 한 대 쥐어박았으면…….'

속은 그랬지만 내색은 할 수 없었다.

실제로 행동에 옮긴다면 쥐어 박히는 쪽은 그가 될 테니까.

편정호는 한 걸음 뒤로 물러났다.

떠날 시간이었다.

"무리하지 마라. 그리고 들키면 미련 없이 튀어라. 안에 있는 놈들 중에 전문가가 있을 가능성도 크고, 네 정체가 무엇인지 발각되면 너라도 뒷감당을 할 수 없는 놈들이야. 태룡회는 개인이 상대할 수 없는 조직이다."

"거 참, 걱정도 팔자네. 생긴 거하고 너무 다르게 굴지 마라. 헷갈리니까."

이혁은 심드렁한 어조로 대꾸했다.

그를 한번 째려본 편정호는 몸을 돌렸다. 그리고 뒤편으로 빠르게 사라져 갔다.

홀로 남은 이혁의 얼굴이 무표정해졌다.

편정호의 마지막 말이 아니더라도 그는 안에 있는 자들을 무시할 마음이 전혀 없었다.

그가 스승에게 배운 것들은 분명 놀라운 것이었다. 그러나 현대 문명이 만들어낸 이기들은 그가 배운 것들을 무력화시킬 수 있었다. 물론, 그의 능력이 상대방에게 알려졌을 경우에 한해서이고, 쉽지 않은 일이기는 했다. 그렇다고 불가능하지도 않았다.

'약이라… 이상하군. 약을 만들어내는 공장치고는 규모가 너무 크다. 태룡이 뒤를 밀어준다 해도 유성회가 이 정도로 일을 크게 벌일 만한 조직인가? 그저 위장이라고 생각하기에는…….'

이혁의 눈빛이 깊어졌다.

편정호는 눈앞에 있는 장소가 마약제조공장이라고 단언했지만 그는 마음속 의문을 지우지 못했다. 쉽게 받아들이기 어려울 만큼 큰 규모였기 때문이다.

이혁은 가볍게 고개를 저어 잡념을 털어냈다.

'들어가 보면 알 게 될 일.'

그의 발이 소리 없이 전방을 밟았다.

고양이처럼 가볍고 소리 없는 발걸음, 묘행보였다.

이혁은 어둠과 지형이 만들어내는 그늘을 위장막처럼 이용하며 앞으로 전진했다.

편정호는 그에게 감시카메라의 사각을 찾지 못했다고 말했다.

이혁이 보통 사람이었다면 그도 편정호처럼 침투를 포기할 수밖에 없었으리라.

하지만 이혁은 보통 사람이 아니었다. 당연히 침투를 포기하지도 않았다.

감시카메라가 미치는 반경을 우회한 그는 편정호가 말했던 장소를 곧 발견할 수 있었다.

그곳은 완만하게 이어지던 야산의 능선이 안으로 움푹 들어가며 에스(S) 자 형태를 이루었고, 밑으로도 그만한 높이가 움푹 꺼져 있었다. 주변보다 담장을 더 높이 쌓긴 했지만 지형 때문에 폭 2미터 정도는 측면의 감시카메라가 미치지 못했다.

그곳에도 정면을 감시하는 자체 감시카메라가 설치되어 있기는 했다. 하지만 측면의 카메라들과 그곳에 설치된 카메라는 야산의 굴곡 때문에 어쩔 수 없는 사각이 생겨난다. 사각이라고 해봐야 1미터도 채 되지 않는 공간에 불과했지만.

그곳까지는 대략 50여 미터를 더 가야 했다.

문제는 편정호가 말한 것처럼 그 50미터의 공간 안에 몸을 숨길 만한 곳이 없다는 점이다.

바닥에 잡풀이 무성했지만 높이가 30센티미터도 되지 않았고, 그나마 빽빽하지도 않고 듬성듬성 나 있었다.

시야가 탁 트인 곳이었다.

이혁은 고개를 들어 하늘을 보았다.

그의 입가에 가는 미소가 떠올랐다.

밝은 달이 떠 있었다면 침투를 좀 더 고민했겠지만 지금은 그럴 필요가 없었다. 지나가는 구름이 간간이 달을 가려주고 있었다.

그에게는 그것만으로도 충분했다.

엎드린 그의 몸이 지면과 2센티미터가량 떨어진 채 허공에 떴다. 발끝과 손끝으로만 몸 전체를 지탱한 채 그는 앞으로 전진했다.

달이 구름을 벗어났을 때는 움직임을 멈추었고, 반대의 경우에만 움직였다.

움직임을 멈춘 그의 모습은 대지와 구분이 되지 않았다. 주의 깊게 그를 보고 있는 사람이 있었다 하더라도 그를 눈에 담는 건 쉽지 않았을 것이다.

혁이 펼친 암룡둔행(暗龍遁行)은 스승이 가르쳐 준 무영경(無影境)의 스물네 가지 수법 중 하나였고, 그 효과는 확실했다.

오랜 역사 속에서 수많은 천재에 의해 창안되고 다듬어져 온 무영경은 철저한 호위를 받는 자들에게 접근하기 위해 개발된 침투기법의 총화라 불려도 손색이 없는 절기(絕技)였다.

속도는 느렸지만 그는 발각되지 않고 목표한 담장 아래에 도착할 수 있었다.

이혁은 숨을 죽였다.

담장 위로 검은 양복을 입은 사내의 상체가 드러났다.

혼자 지키려니 심심했던 듯 양복사내는 늘어지게 하품을 하고 있었다.

"닝기리. 편하게 입으라고 하면 얼마나 좋아. 오밤중에 뻗치기 하는 것도 열받아 죽겠는데 왜 양복까지 입으라고 하는 거야. 앉지도 기대지도 못 하게시리. 염병할!"

나직하게 투덜거리는 사내의 목소리에는 불만이 한가득 배어 있었다.

담장 밑의 그늘 속에 웅크린 이혁의 입가에 미소가 떠올랐다.

장기간 반복되는 일에 변수가 발생하지 않으면 긴장

은 풀어지게 마련이다.

경비근무를 서는 양복사내도 그런 경우에 속했다.

처음 근무를 설 때는 사내도 긴장했고, 열심히 눈을 부릅뜨고 사방을 감시했다.

하지만 그런 날이 벌써 석 달이 넘게 지속되고 있었다.

이제 그가 맡은 업무는 그저 주어진 시간을 때워야 하는 귀찮은 일에 지나지 않았다.

그를 탓할 수만도 없는 일이었다.

그가 맡은 임무는 폭이 2미터 정도밖에 되지 않는 공간을 감시하면 되는 단순한 일이었다.

그곳으로 침입하려 시도하는 자가 있다면 설사 난쟁이라 하더라도 그의 눈을 피할 수 없었다. 게다가 이곳까지 오려면 감시카메라가 지키고 있는 영역을, 그것도 숨을 곳도 없는 평지를 50여 미터나 통과해야 했고, 4미터 높이의 담장도 기어올라 와야 했다.

"빌어먹을 이렇게 촘촘하게 감시카메라를 설치했으면 됐지, 경비는 왜 서냐고! 저 감시카메라의 그물을 어떤 놈이 통과할 수 있다고 사람을 이렇게 개고생을 시키거냐, 증말."

이곳을 둘러싸고 있는 건 침투하는 자를 최고전문가로 상정하고 만든 시스템이었고, 사내는 그 성능을 굳게 믿고 있었다.

이혁은 쓰게 웃었다.

'이 시스템을 꾸린 자는 사람과 시스템의 조화가 깨
질 때 어떤 문제가 생기는지는 염두에 두지 않았던 모양
이군. 흠, 이런 걸 만들 수 있는 자가 생각이 그리 없지
는 않았을 테니, 염두에는 두었지만 적당한 자들을 투입
할 수 없었다고 생각하는 게 맞겠지. 이러나저러나 나한
테는 고마운 일일 뿐. 훗!'

이혁은 느리게 일어나 에스 자형의 굴곡에 따라 담을
따라 생긴 벽면의 그늘에 몸을 붙였다.

그는 손에 낀 장갑을 벗어 바지의 뒤 호주머니에 찔러
넣었다. 그리고 맨손을 머리 위로 올려 벽을 짚었다.

직후 믿을 수 없는 일이 벌어졌다.

이혁은 두 손을 번갈아가며 벽을 짚었고, 그 동작이
이어지며 그의 몸이 벽을 따라 조금씩 위로 올라갔던 것
이다.

영화 스파이더맨의 주인공을 연상시키는, 거미 같기
도 하고 뱀 같기도 한 운신법(몸을 움직이는 법).

이것은 그가 수련할 때를 제외하고는 한 번도 펼쳐 본
적이 없는, 무영경 이십사절 가운데 하나인 묘수장공(猫
手掌功)이라는 수법이었다.

보통 사람에게 맨손으로 4미터를 올라가라고 하면 안
색부터 변할 테지만 이혁에게는 숨 쉬는 것보다 쉬운 일

이었다.

스승과 함께 수련할 당시 그는 40층이 넘는, 유리로 된 건물의 외벽을 맨손으로 타고 올라간 적도 한두 번이 아니었으니까.

담벽을 끝까지 올라간 그는 숨을 멈추었다.

잠시 기다리던 그는 양복사내의 하품하는 소리가 들리는 순간 움직였다.

그리고 그의 몸이 구렁이가 담을 넘어가듯이 소리 없이 벽면을 타고 반대편으로 미끄러져 내려갔다.

소리가 나지 않게 움직이려면 느려야 한다는 일반적인 상식이 간단하게 무시되었다.

그가 움직이는 속도는 바람처럼 빨라서 양복사내가 하품을 하며 찔끔 새어 나온 눈가의 물기를 슥 닦아내고 눈을 껌벅거렸을 때 담장 아래는 텅 비어 있었다.

사내로부터 채 1미터도 떨어지지 않은 지점에서 벌어진 일이었다. 그런데도 사내는 아무것도 알아차리지 못했다.

그가 긴장이 풀어져 있기 때문이라고만은 할 수 없었다. 설사 그가 긴장을 유지하고 있었다 하더라도 이혁의 기척을 잡아냈을 가능성은 희박했으니까.

담장 안쪽은 밖보다 상황이 나았다.

썰렁하긴 매한가지였지만 그래도 안쪽에는 정원수도 적당히 심어져 있었고, 군데군데 벤치와 돌의자도 놓여 있었다.

구도와 상관없이 대충대충 놓여 있는 게 실제로 사용하는 것이 아니라 보여주기 위한 용도라는 게 흠이긴 했지만 이혁은 감사할 따름이었다.

그 듬성듬성하고 쓸데없는 조경의 안쪽에 옹기종기 모여 있는 단층 건물 세 채가 보였다.

담장에서 건물까지는 250미터가량.

이혁은 다시 지면에 엎드렸다. 그리고 암룡둔행을 펼쳤다.

소리도 없고 대지와 구분도 되지 않는 그의 몸이 무서운 속도로 250미터를 지나갔다.

정원 곳곳에는 10여 명의 사내가 서성이며 경비를 서고 있었지만 그를 발견한 사람은 한 명도 없었다.

이혁은 세 채의 건물 중 중앙으로 접근했다.

세 채의 건물에는 모두 에어컨 실외기가 측면에 붙어 있었는데 중앙의 건물에 딸린 실외기만 돌아가고 있었다.

6월이 중순으로 넘어가고 있어서 낮의 날씨는 꽤나 더웠다. 하지만 밤은 아직 선선해서 에어컨을 가동시킬 정도는 아니었다.

그럼에도 에어컨이 돌아가고 있다는 건 건물 안에 그럴 수밖에 없는 열기가 발생하고 있다는 뜻이다.

이혁이 중앙의 건물로 접근한 이유였다.

각 건물의 입구 옆에는 소파 형태의 의자가 놓여 있었고, 그곳에는 사내들이 한 명씩 편한 자세로 앉아 있었다. 건물 경비를 서는 자들이었지만 그들에게서도 긴장감은 느껴지지 않았다.

중앙 건물의 측면 벽 아래쪽 그늘에 몸을 숨긴 이혁은 내심 혀를 찼다.

'이 자식들, 정말 여러 가지 하는구만.'

편정호는 건물이 세 채라고 했지만 그건 그가 안에 들어와 보지 못해서 제대로 파악하지 못한 때문이었다.

건물은 셋이 아니라 네 채였다.

한 채는 앞쪽의 건물들에 가려져 보이지 않았던 것이다.

새로 지은 듯 깔끔한 뒤쪽의 건물은 비닐하우스처럼 둥근 지붕에 입구가 앞의 건물들을 향해 나 있었고, 뒤로 길쭉하게 뻗어 있었다.

생긴 게 비닐하우스와 흡사했다.

언뜻 보아도 사람이 살 만한 건물이 아니었다. 그리고 비닐하우스 형태라고는 해도 식물을 키우는 것과는 구조가 달랐다.

그쪽에서 코를 찌르는 악취가 났다.

이혁은 눈살을 찌푸렸다.

악취의 정체는 닭똥 냄새였다.

'양계장을 하시는 분들이 봤다면 뚜껑이 열릴 정도로

화내셨겠군. 약냄새를 지우기 위해 계사를 짓는 놈이 있다고는 생각도 못하실 테니까.'

마약을 제조할 때는 냄새가 난다.

그것도 아주 독한 냄새다.

화학약품 냄새는 물론이고 암모니아나 솔벤트에서 날법한 냄새들도 섞여 있다. 그래서 마약을 제조하려는 자들은 사람들이 살지 않는 외진 곳을 찾는 것이다.

닭똥 냄새는 지독했다. 다른 냄새를 감추기 위한 목적을 갖고 키우는 닭들이다. 청소를 제대로 할 리가 없었다.

어둠에서 어둠으로 이동하며 이혁은 중앙 건물을 세밀하게 살피고는 제자리로 돌아왔다.

건물의 뒤쪽은 앞보다 경계가 심하지 않았다.

그쪽으로는 감시카메라의 사각지대가 없는 데다가 후면을 막고 있는 야산이 절벽을 연상시킬 만큼 각도가 심하고 높이도 7미터나 되기 때문이었다.

'쉽지 않군.'

이혁의 미간에 작은 주름이 잡혔다.

그가 있는 건물의 측면에는 작은 창이 하나 나 있었고, 뒤쪽 면에는 상대적으로 큰 유리 네 장이 연이어 있는 창문이, 반대편 측면에는 지붕 바로 아래에 작은 창이 하나 있었다.

출입구 옆에도 창문이 있었지만 그쪽이야 경비가 있

어서 이혁이라 해도 그를 침묵시키지 않고 창문으로 침입하는 건 불가능해서 제외했다.

현재 침투 시도가 가능한 창문은 도합 세 개였다.

그가 있는 쪽은 욕실창이었고, 뒤편은 침실창, 반대편 쪽의 창은 다락창인 듯했다.

보통 창문이라면야 이혁이 고민할 이유가 없었다.

가로세로 30센티미터 정도의 공간만 있으면 이혁은 어디든 출입할 수 있었다.

그가 스승으로부터 배운 것들 중에는 근육과 뼈의 이완과 수축에 대한 것도 있었는데 그 효과는 서커스단에서 일하는 사람들조차 울고 갈 정도였다.

하지만 그런 이혁도 이 건물의 창문으로 출입할 수는 없었다.

창문들은 손가락 두 개 굵기의 통쇠로 만든 쇠창살로 보호되고 있었기 때문이다.

'뜯어냈다가 붙여놓을까……'

콘크리트 속에 박아놓은 쇠창살을 뗐다 붙였다 하는 건 씨름으로 천하장사에 오른 사람이라 해도 쉬운 일이 아니다. 누가 들으면 코웃음을 칠 일인 것이다. 하지만 이혁에게는 어려운 일이 아니었다.

'흠, 다시 붙여놓은 건 아무래도 힘을 받기 어려워. 창살을 흔들기 전에는 떨어지지 않을 테지만 만약 그런

자가 있다면 경계가 강화될 것이고 다시 이곳에 침투했을 때 힘들어진다.'

눈살이 절로 찌푸려졌다.

그는 고개를 돌려 양계장을 보았다.

'결국 저기밖에 없나… 이렇게까지 해야 되나 원…….'

속으로 투덜거리긴 했지만 그는 알고 있었다, 자신에게 선택의 여지가 없다는 것을.

마음을 굳힌 그의 몸이 바람처럼 양계장으로 접근했다.

양계장은 냄새를 풍기기 위해 만들어졌다.

그래서 당연히 있어야 할 출입문도 없었고, 감시카메라와 경비도 없었다.

양계장에 카메라를 설치하고 경비를 선다면 누가 봐도 고개를 갸우뚱할 수밖에 없는 일이다. 그리고 외부를 지키는 감시시스템과 경계를 서는 자들을 믿고 있다는 의미도 되었다.

양계장으로 들어선 이혁의 움직임이 밖에서보다 더욱 조심스러워졌다.

이 안에는 그에게 사람보다 더 무서운 수백 마리의 닭이 무더기로 잠을 자고 있었다. 닭들을 자극할 수 있는 건 아무리 작은 기척이나 기세도 없애야 했다.

닭뿐만 아니라 모든 짐승은 본능적으로 위험을 감지하고 울어대기 때문이다.

이혁은 몸에서 흘러나오는 모든 기세를 죽이고 어둠과 동화되어 움직였다.

발걸음은 묘행보를 따랐고, 기척과 기세는 사신암행(死神暗行)의 수법으로 감추었다. 둘 다 무영경 이십사절에 속하는 수법들이다.

그가 찾는 것은 건물의 가운데, 닭똥들이 작은 산처럼 쌓인 곳에 숨겨져 있었다.

'개자식들!'

욕이 절로 나왔다.

그가 찾았던 것은 환풍기 구멍이었다.

마약을 제조할 때는 필연적으로 냄새가 난다.

그것을 밖으로 빼내지 않으면 지속적인 작업은 불가능했다.

안에 있는 사람들이 견디지 못하는 것이다.

앞서 살펴본 세 채의 건물에는 환풍기가 없었고, 냄새도 나지 않았다. 그런데 뒤편에는 양계장이 있었다.

마약을 제조할 때 나는 냄새를 감출 용도로 만든 것이 분명한 양계장이다.

그가 생각할 때 환풍기 설치되어 있을 만한 곳은 양계장밖에 없었다.

추측이 들어맞은 것이다.

제1장

환풍기 구멍은 닭똥들이 무더기로 쌓인 곳의 중앙에
교묘하게 숨겨져 있었다.

  그것은 위만 막히고 사방이 터진 가로세로 1미터, 높
이 20센티미터 되는 양철판에 덮여 있었고, 닭똥들이
양철판 위를 덮고 터진 옆을 막지 않도록 10센티미터
정도의 공간을 두고 옆에 쌓여 있었다.

  이혁은 손으로 측면 한곳의 닭똥들을 조심스럽게 밀
어냈다.

  덮개와 지면 사이의 간격은 20센티미터.

  초등학생도 체격이 작은 저학년이나 통과할 만한 공
간이었다.

이혁의 건장한 체격으로는 통과가 가능할 리 없었다. 그러나 그런 상식은 이혁에게 통하지 않았다.

이혁은 망설이지 않고 발을 환풍기 구멍 속으로 손을 들이밀었다.

그의 손에 이어 오른쪽 어깨와 머리 왼쪽 어깨가 안으로 빨려들 듯 안으로 사라졌다. 그의 움직임은 멈춤이 없었다. 마치 뼈가 없는 연체동물처럼 그의 전신이 구멍 속으로 전부 들어갔다.

그에 걸린 시간이라고 해야 불과 4~5초.

그가 펼친 것은, 현대에 이르러 그 정수를 잃고 요가라 불리지만 고대에는 유가신공이라 불리던 수법의 일종으로 그의 사문 선조들이 유가신공에 더해 뼈의 수축을 가능하게 만든다는 축골공을 결합하여 갈고 다듬은 후 무영경 이십사절에 포함시킨 유사비은(流砂秘隱)이라는 공부였다.

환풍기 구멍 안은 수직으로 뚫려 있었다.

이혁은 묘수장공을 펼쳐 벽에 매달렸다.

손을 움직여 아래로 내려가던 이혁의 눈동자가 풀렸다. 그는 순간적으로 머리가 어지러워 벽을 짚은 손의 묘수장공이 풀려 아래로 떨어질 뻔했다.

구멍 안은 닭똥 냄새보다 더한 악취로 꽉 차 있었다.

예비역 군인들이 술자리에서 혀를 내두르며 말하는

화생방 훈련장이라도 이곳보다는 못할 터였다.

표정이 없던 그의 입매가 일그러지며 눈빛이 날카로워졌다.

'이놈들 대체 얼마나 만들어대기에 이런 냄새가 나는 거야?'

딱히 정의감이 넘치는 성격이라고 할 수만도 없는 터라 그는 사회에서 일어나는 범죄에 대해 가타부타 의견이라고 할 만한 것을 갖고 있지 않았다. 하지만 두 가지는 병적으로 싫어했는데 첫째가 성폭행과 같은 성범죄였고, 둘째가 마약류 범죄였다.

어떤 범죄든 피해자는 평생 치유할 수 없는 상처를 안고 살아가지만 위의 두 가지 범죄는 직접적으로 사람의 몸과 정신을 붕괴시킨다.

이혁은 시은의 지시를 받고 현장을 뛸 때 위 두 종류 범죄의 피해자들을 여럿 접한 경험이 있었다.

그런 경험들이 그에게 미친 영향은 작지 않았다.

호흡을 멈춘 이혁의 손이 움직였다.

4미터가량 수직으로 뚫린 구멍은 우측으로 휘어지며 수평이 되었고, 이후에는 4미터 정도 이어지다가 이리저리 휘어질 뿐 계속 수평을 유지했다.

수평으로 뚫린 구멍의 크기는 수직으로 뚫린 그것보다 좁았고, 사방 60센티미터의 정사각형이었다.

구멍 안은 어두웠다.

감각이 남달라 어둠에 크게 구애를 받지 않는 이혁이라 해도 이렇게 코앞도 보이지 않는 어둠을 무시할 수는 없었다.

암룡둔행으로 전진하는 그의 움직임은 느렸다.

밖의 시스템을 꾸린 자는 초보가 아니었다. 어둠 속에 무엇을 장치해 두었을지 모르는 것이다.

두 번째 꺾어지는 지점을 막 지나 전진하던 이혁의 몸이 멈췄다.

'역시나로군.'

그는 조심스럽게 손끝에 닿는 줄의 감촉을 음미했다.

줄은 바닥과 20센티미터가량 사이를 두고 양편 벽면을 연결하며 허공에 걸려 있었다.

'피아노 줄이라… 영화에서처럼 줄을 당긴다고 총알이 비처럼 쏟아지거나 하지는 않겠지. 안쪽의 비상벨이 울리려나? 그건 그렇고, 요새도 이런 발상을 하는 놈이 있다니 신선한데!'

경계하지 않고 전진했다면 그의 팔이나 다리가 줄에 걸렸을 것이고, 줄은 밀려나거나 밑에 깔리면서 벽 안쪽에 설치되어 있을 것이 분명한 경보장치를 건드렸을 것이다.

이혁은 줄을 건드리지 않고 타 넘어갔다.

줄을 발견한 이후 그의 움직임은 더욱 신중해졌다.

이후에도 그는 피아노 줄을 십여 개 더 발견했다.

거의 2미터 간격으로 줄이 깔려 있었다.

하지만 이미 경각심이 생긴 이혁에게 피아노 줄은 장애가 될 수 없었다. 그가 만난 마지막 장애물은 환풍기가 돌아가는 것과 함께 그의 앞에 모습을 드러냈다.

'누군지 몰라도 진짜 조심성 하나는 끝내주는 놈이군.'

구멍이 꺾어지는 지점의 안쪽에 몸을 숨긴 이혁은 환풍기 앞에서 푸른 눈을 번뜩이고 있는 감시카메라를 훔쳐보며 속으로 고개를 휘휘 저었다.

그는 가늘게 숨을 내쉬었다.

그가 이곳까지 오면서 한 호흡의 수는 다섯 번도 되지 않았다.

구멍 안의 악취는 단순히 머리만 어지럽게 하는 것이 아니었다. 오래 호흡하면 신체기능에 심각한 불균형을 초래할 수 있었다.

마약제조시 발생하는 냄새는 표백제 같은 것과 섞이면 독가스로 변할 정도로 몸에 해롭다.

감시카메라 너머의 바닥에는 커다란 프로펠러가 돌고 있었고, 그 아래에서 환한 빛과 시끄러운 소음이 올라오고 있었다.

아래쪽에서 여러 사람이 움직이고 있는 기척이 느껴졌다. 하지만 말소리는 들리지 않았다.

이혁은 손으로 바닥을 쓸어보았다.

이곳의 공기정화장치에 사용된 재료는 알루미늄 합금판이었다.

그의 눈빛이 깊어졌다.

그가 이곳에 온 목적은 일종의 염탐이었지, 파괴를 위해서가 아니었다. 굳이 감시카메라가 지키는 환풍기를 뚫고 아래로 내려갈 이유는 없었다.

카메라 렌즈를 노려보는 이혁의 눈가에 비웃음이 떠올랐다.

'여러 상황을 가정하고 설치한 것 같기는 하지만 나 같은 사람이 이곳에 올 거라고는 생각하지 못한 모양이야. 그것이 네놈의 실수라면 실수겠지.'

이혁은 오른손 두 번째 손가락을 바닥에 댔다.

그는 주기적으로 손톱을 자르기 때문에 다른 손가락의 손톱들은 거의 보이지 않을 정도로 짧았다. 지금 바닥에 댄 오른손 검지의 손톱도 다를 바가 없었다.

그런데,

놀랍게도 그가 바닥에 댄 손톱 부위가 조금씩 길어졌다.

착각이 아니었다.

그의 오른손 검지 손톱은 마치 식물처럼 쑥쑥 자라더니 3센티미터가 될 정도로까지 길어졌다.

특이한 건 자라는 것만이 아니었다.

손톱의 색깔도 달랐다.

희고 불투명해야 할 손톱은 영롱하다 싶을 만큼 투명한 붉은빛을 띤 채 은은하게 빛나고 있었다.

이혁의 입가에 쓴웃음이 떠올랐다.

'이번 일에 환상혈조(幻想血爪)까지 쓰게 될 줄은 몰랐는 걸……'

무영경 이십사절이 운신에 대한 수법의 총화라면 환상혈조는 상대의 목숨을 빼앗기 위한 수법의 총화라 할 수 있는 혈우팔법(血雨八法)에 속하는 절기였다.

손톱이 한순간에 3센티미터씩이나 자라는 일은 있을 수 없다. 그건 상식을 벗어난 능력을 보유하고 있는 이혁의 경우라도 마찬가지였다.

환상혈조는 손톱이 자란 게 아니라 평소 손톱 위를 덮고 있던 기물(奇物)이 이혁이 특정한 경로로 움직인 기(氣)에 반응하여 모습을 드러낸 것이었다.

그 장면이 기괴하여 손톱이 자란 것처럼 보였을 뿐이다.

이형의 손가락이 아래로 조금씩 움직였다.

그에 따라 환상혈조가 바닥을 파고들었다, 칼이 두부

를 파고드는 것만큼이나 수월하게.

이혁은 손놀림을 멈추지 않았다.

알루미늄 합금판을 파고든 혈조는 목표로 한 지점에 닿자 둥근 원을 그렸다. 원은 직경이 5미리미터도 되지 않을 만큼 작았다. 그 원이 위로 올라오는 혈조에 붙어 올라왔다. 바닥에 작은 구멍이 났다.

조각난 합금조각을 손에 쥔 이혁은 구멍에 눈을 가져다 댔다.

생각했던 것보다 꽤나 넓은 지하실 그의 눈에 들어왔다.

지하실은 30평은 되어 보였는데, 중앙에는 6, 7미터는 됨직한 직사각형의 긴 탁자가 놓여 있었다.

탁자 주변에 서 있는 사람들의 수는 십여 명이었고, 그들 중 반은 여자였다.

흰색 가운을 걸치고 입을 꾹 다문 채 묵묵히 탁자 위의 무언가를 만지고 있는 그들의 얼굴은 하나같이 시체처럼 창백했다.

이혁의 시선이 사람들을 떠나 주변을 샅샅이 훑었다.

흰 천에 덮인 탁자 위에는 화학실험실에서나 볼 것 같은 비커와 저울, 계측기, 튜브를 비롯한 제조장비들과 이름을 알 수 없는 액체, 그리고 흰 가루들이 어지럽게 널려 있었다. 그리고 벽 근처에는 드럼통과 영어라벨이 붙어 있는 통들이 굴러다녔으며, 벽면 도처에는 보기만 해도 구역질이 날 것 같은 얼룩들이 눌러붙어 있었다.

탁자에 붙어 일하는 사람들을 제외하고 다른 사람은 보이지 않았다. 그렇다고 이곳에 감시의 눈이 없는 건 아니었다.

천장의 사면 모서리에는 이혁이 이곳까지 들어오며 여러 차례에 걸쳐 마주친 감시카메라가 설치되어 있었다. 카메라들은 느릿느릿 반원을 그리며 내부의 움직임을 끊임없이 녹화하고 있었다.

'그놈한테서 얻은 게 이렇게 쓰일 줄은 몰랐는걸.'

이혁은 바지의 오른쪽 앞주머니에서 소형 디지털카메라를 꺼냈다. 그가 대전에 내려왔던 초기에 편정훈에게서 얻어낸 물건이었다.

모든 것을 카메라에 녹화한 이혁은 카메라를 주머니에 넣었다. 그의 시선이 마약을 제조하고 있는 사람들을 향했다.

그들을 지켜보던 이혁은 몇 가지 사실을 깨달았다.

'우리나라 사람과 외국인들이 섞여 있군. 동남아 쪽인가?'

모두 아시아인이라는 건 확실했지만 그중 몇 명은 피부색과 골격, 그리고 얼굴 생김새가 우리나라 사람들과 조금씩 달랐다.

그리고 그들의 눈빛은 암울했으며, 동작에 활기가 없었다.

그것은 그들이 이 일을 하고 싶어 하는 게 아니라는 걸 알 수 있게 했다.

이혁은 구멍에서 눈을 떼고 합금조각을 원위치에 놓았다.

위로 치솟던 작은 빛이 사라졌다.

어둠 속에 등을 바닥에 붙이고 누운 이혁의 이마에 주름 몇 개가 생겨났다.

'이거 뭐야? 어느 정도 규모는 될 거라 생각하고 있었지만 이건 정도가 심한 걸. 납치된 것으로 추정되는 사람들이 대규모로 마약을 제조한다? 얼핏 보았지만 만들어지고 있는 양이 몇 킬로그램은 가볍게 넘어갈 것 같은데… 편정호는 이 공장이 돌아가기 시작한 게 석 달도 넘었다고 했다. 그럼 대체 그동안 어느 정도의 양이 만들어졌다는 얘기야? 영화 찍나? 우리나라에서 이런 일이 가능해?'

그는 자신이 본 것이 사실이라는 것을 알면서도 한편으로는 어이가 없었다.

이 땅에서 가능할 거라고 생각해 본 적도 없는 일이 코앞에서 벌어지고 있는 것이다.

90년대 이후 한국에서 마약제조공장이 검경에 의해

적발된 사례는 한 건밖에 없다.

검경이 일을 하지 않아서가 아니라 그만큼 이 땅에서 마약을 제조하는 일이 쉽지 않기 때문이다.

최근 유일하게 적발된 사례도 몇 명이 공장지대의 작은 화학공장을 빌려 약품을 제조하는 것처럼 꾸미고 일을 벌인 것이었다.

적발했을 때 발견한 마약도 적은 양은 아니어서 필로폰 2킬로그램에 달했지만 이혁이 보고 있는 것처럼 대량은 아니었다. 게다가 그들은 자발적으로 마약 제조에 참여한 자들이었지, 납치된 이들이 아니었다.

최근 마약사범들이 빠르게 증가하고 있긴 하지만 타국과 비교하면 아직도 한국은 마약에 관한한 청정지역이라 불러도 어색하지 않은 나라였다.

이혁은 들어온 길을 되짚어 나왔다.

들어올 때보다 배는 빠른 속도였다.

눈감고도 움직일 수 있을 만큼 상세하게 기억해 두며 지나온 길이었다.

속도를 줄일 이유가 없었다.

양계장의 환풍기 구멍을 통해 밖으로 나온 이혁은 중앙 건물의 측면에 있는 그늘, 처음 멈추었던 자리로 숨어들었다.

주변의 경계상태를 살핀 그는 변한 것이 없다는 것을

확인하고 땅에 엎드렸다. 빠져나갈 일만 남은 것이다.

막 움직이려던 그의 몸이 한순간 돌처럼 굳어지며 정지했다.

어둠 속에서 이혁의 두 눈이 무서운 빛을 발했다.

그는 마치 지면이 밀어내기라도 하는 것처럼 소리 없이 일어나 건물 벽에 귀를 가져다 댔다.

그의 온 신경이 귀로 집중되었다.

'방금 누군가 이소영이라는 이름을 말한 것 같았는데……?'

그가 놀란 것은 가늘게 그의 귀를 파고들어 온 몇 마디 말속에 아는 이름이 섞여 있었기 때문이다.

잠시 후 그는 자신이 잘못 들은 게 아니라는 걸 확인할 수 있었다.

"야, 근데 네가 좀 전에 중얼거린 이소영이 누구야?"

어딘지 날이 서 있는 듯한 느낌의 목소리가 이혁의 귀를 파고들었다.

"왜? 여자라서 관심이 생기냐?"

굵은 목소리가 말을 받았다.

이혁의 귀에 들려오는 소리는 건물 안에 있는 사내들이 나누고 있는 대화였다.

기분이 상한 듯 날선 목소리의 음성이 조금 높아졌다.

"내가 개냐? 네 어투가 다른 때와 달라서 그런다."

"웃기려고 한 말에 너무 과민반응하지 마라, 새끼야."

말을 받는 굵은 목소리는 조금 기가 죽은 듯 말투가 어눌했다.

언성이 낮아진 날선 목소리가 물었다.

"아무튼, 이소영이 누구야?"

"너, 칼새라고 알지?"

"칼새? 칼새 이상윤?"

"그래."

"모를 리 있냐, 한때 전국구 칼잡이로 날리던 양반을. 근데 이소영이 누구냐고 물었는데 그분 이름은 왜?"

"몇 달 전에 서울에서 누구 찾으라고 난리 났던 적 있잖아. 그걸 그 양반이 지휘했었거든. 그런데 아직도 잡지 못했나 보더라."

"칼새가 우리 식구들을 지휘했다고? 그 양반 솜씨야 자타가 공인하지만, 우리 식구는 아니잖아. 늘 독고다이로 뛰던 양반이기도 하고. 그런데 어떻게 그 양반이 우리 식구들 지휘를 해?"

날선 목소리의 말에 의혹이 가득 담겼다.

"난들 알겠냐. 이상하다는 생각은 들었지만 누구한테 물어볼 수도 없는 일이잖아. 높은 양반들이 하는 일이고. 우리 같은 놈들이야 막말로 좆으로 밤송이를 까라 해도 그냥 까는 수밖에 없잖냐."

굵은 목소리의 대답은 심드렁했다.

"그런데 너 칼새 형님이 지휘한다는 건 어떻게 안 거냐? 그 일에 투입된 사람들은 그저 윗분들 지시라고만 알고 있었는데."

함께 일하고 있다는 것을 알게 된 때문인지 날선 목소리의 칼새에 대한 호칭은 어느새 형님이 되었다.

대답하는 굵은 목소리가 속삭이듯이 작아졌다.

"몇 달 전에 내가 일 때문에 며칠 동안 숙소를 떠나 있었던 거 기억하지?"

"그래. 그게 칼새 형님과 관련이 있는 거냐?"

"응. 그때 그 형님 지시로 누구를 잡아 조졌었다."

굵은 목소리가 말에 날선 목소리가 어리둥절한 어투로 물었다.

"야, 근데 이소영이 누군지 물었는데 칼새 형님에다가 우리 식구가 쫓던 놈 얘기까지 나와야 하는 거야? 뭐가 그리 복잡해?"

"셋이 다 연결되어 있으니까."

굵은 목소리의 대답은 망설임이 없었다.

"뭐?"

"전부 연결된 일이라고. 일단 형님이 사람을 쫓으시는 건 맞는 거 같아. 하지만 그게 다는 아니라는 느낌이 든다."

"그게 말이야 된장이야? 알아듣게 말해봐."

짜증이 증폭된 듯 날선 목소리의 언성이 높아졌다.

"이 새끼가! 왜 나한테 짜증이야. 나도 너만큼 짜증나는 중이야."

굵은 목소리의 언성도 높아졌다.

날선 목소리가 꼬리를 내렸다.

"새끼, 승질은… 어쨌든 아는 거나 털어봐. 사람이 다가 아니라는 게 무슨 소리야? 답답해 죽을 지경이다."

"처음에 칼새 형님이 나와 애들 몇 명을 불렀다고 했잖아?"

"그런데?"

"그때 내가 한 일이 최정환이라는 자를 잡아오는 거였어."

"최정환? 그놈이 누군데?"

"프리랜서 기자야. 기사 써서 신문사나 잡지사에 팔아먹고 사는 놈이었어."

"뭐? 그런 먹물을 왜 형님께서 잡아오래?"

"몰라. 형님이 시키는데 내가 이유를 물어볼 수는 없는 일이잖냐. 아무튼 난 그놈을 잡아다 바치고 빠졌는데……."

"말꼬리 흐리지 마. 나 속 터져 죽는 거 보고 싶냐!"

"성질 좀 죽여라. 너는 그 급한 성질 때문에 언제 한 번 임자 만날 거다."

"내가 임자를 만나거나 말거나."

"어휴……."

한숨을 내쉰 굵은 목소리가 말을 이었다.

"다음날 일어나 보니까 최정환이라는 놈이 심장마비로 죽었다는 말이 들리더만."

"요상한 일이긴 하네."

날선 목소리의 음성은 의혹으로 가득 찼다.

고개를 갸웃거리는 그의 모습이 보일 듯했다.

"그런데 내가 최정환을 넘겨주고 나올 때 형님이 조지면서 하는 말을 조금 들을 수 있었거든."

"그 양반이 뭐라 그랬기에?"

"최정환에게 이소영이라는 년이 넘겨준 물건 어디에 감췄냐고, 불기만 하면 살려주겠다고 하시더라고."

"아, 그 이소영이라는 년이 그렇게 연결되어 있었구나. 그런데 그년은 뭐 하는 년이야?"

"최정환하고 한 팀으로 일하던 프리랜서 기자야. 그런데 웃기는 게 이년은 미쳐서 지금 용인에 있는 정신병원에 입원해 있거든."

"최정환은 죽고 이소영은 정신병원… 그런데 칼새 형님은 누군가를 쫓고 있다. 그럼 그놈이 물건을 갖고 있는 건가?"

날선 목소리의 말을 굵은 목소리가 받았다.

"그런 거 같아. 이소영이라는 년이 최정환에게 넘겨
줬다고 생각했지만 그건 아니었던 모양이야. 아직도 누
군가를 추적하시는 걸 보면. 그 형님은 추적하는 놈이
물건을 가지고 있다고 생각하시는 거 같다."

"그 물건이 뭔지 아냐?"

"모르지, 임마. 내가 그런 걸 알 수 있겠냐. 알고 싶
지도 않다. 너무 많이 알아봐야 칼 맞을 일만 늘어나는
게 이 바닥이잖냐."

"하긴 그렇다."

"그리고 너, 이런 말 내게 들었다는 내색도 하지 마.
그때 본 칼새 형님의 기색이 심상치 않았다. 수틀리면
누구라도 서슴없이 목줄을 따실 거다."

"그 정도야?"

날선 목소리의 음성에 긴장이 완연하게 묻어났다.

"명대로 살고 싶으면 내 말, 허투루 듣지 마."

말을 받는 굵은 목소리의 음성도 긴장된 기색이 역력
했다.

"알았다."

더 이상의 대화는 없었다.

벽에서 귀를 뗀 이혁의 안색이 돌처럼 딱딱해졌다.

최정환과 이소영이라면 그에게도 낯선 사람들일 수 없었다.

　이소영이 정신병원에 간 줄은 몰랐어도 이해는 되었다. 그가 처음 보았을 때도 이소영은 제정신이 아니었으니까. 하지만 그는 최정환이 죽었다는 걸 모르고 있었다. 게다가 저들의 대화내용 대로라면 칼새 이상윤과 태룡회가 쫓는 사람은 바로 자신이었다. 하지만 그도 이소영이 가지고 있었다는 물건에 대해서는 아는 바가 전혀 없었다.

　'누나…….'

　이혁은 시은을 떠올렸다.

　그의 눈빛이 서늘해졌다.

　사전에 아무런 연락 없이 대전에 내려와 머물고 있는 시은.

　그 이유가 궁금하긴 했지만 시은이 자세한 내용에 대해서는 입을 열려고 하지 않아서 캐묻지 않았었다. 그런데 저들은 그녀가 대전에 내려올 수밖에 없도록 만든 것도 자신이라고 말하고 있었다.

　입술을 깨문 그의 마음속에 갈등이 일어났다.

　'저놈들을 잡을까…….'

　직접 개입하려고 하지 않아서 조심하고 있을 뿐 이곳에 있는 자들을 박살 내는 건 그에게 일도 아니었다.

이 나라, 아니, 전 세계를 통틀어도 정면대결로 그를 막을 수 있는 사람은 있을 수 있지만 어둠 속에서 움직이는 그를 막을 수 있는 사람은 존재하지 않았다. 단, 그가 사문에 전승되어 내려오는 것들을 완벽하게 익혔다는 전제하에서.

잠시 고민하던 그는 고개를 저었다.

'지금 저놈들을 잡으면 일이 꼬인다. 일단 물러나자. 누나에게 먼저 사정을 알아본 다음에 움직이자. 쉽게 철수할 놈들로 보이지는 않으니까 시간은 있다. 시은이 누나라면 칼새라는 놈과 이소영에 대해 알고 있는 것이 있을 거야.'

이혁은 목까지 차오른 의혹을 잡아 눌렀다.

모든 일에는 순서라는 것이 있다.

지금은 저들을 잡을 때가 아니었다.

*   *   *

새벽 2시가 넘은 시간이었지만 창밖으로 보이는 서울의 화려한 야경은 조금도 변하지 않았다.

불이 꺼질 줄 모르는 고층 건물들과 줄지어 켜진 가로등, 그리고 화려하게 빛나는 네온사인 아래 아직도 많은 사람과 차량의 행렬이 끊임없이 어디론가 이동하고 있었다.

사내는 손에 든 와인을 한 모금 입에 물었다.

부드러운 샤또 디껨의 향기가 코끝을 간질였다.

그는 창밖의 풍경에 고정되어 있던 시선을 뗐다.

사십대 중반의 그는 170센티미터가 갓 넘는 중키였지만 몸 어디에도 군살이 보이지 않았고, 입고 있는 감색의 아르마니 양복도 구김살 하나 없었다. 단정한 이목구비와 헤어젤을 바른 짧은 커트머리는 한 올도 흐트러져 있지 않았다.

단정함을 넘어 왠지 까다로울 것 같다는 느낌을 주는 사내였다.

등을 돌린 그는 소파로 걸어갔다.

스위트룸에는 그 혼자 있는 것이 아니었다.

소파에 앉아 묵묵히 그를 바라보고 있던 풍채 좋은 중년의 사내가 긴 침묵을 깨고 입을 열었다.

"후지와라 회장님, 오랜만에 서울에 오신 것으로 압니다. 감회가 남다르시겠습니다."

체격만큼이나 굵고 힘이 넘치는 목소리였다.

후지와라라고 불린 사내와 비슷한 연배로 보이는 그는 노타이에 회색 양복 차림이었다.

편한 복장이었음에도 그에게서는 보는 이를 주눅 들게 만드는 무엇인가가 느껴졌다.

각진 얼굴의 전면을 가린 매부리코와 눈의 흰자위를

덮은 붉은 핏발들 때문인지 섬뜩하기까지 한 중년인이었
다.

다이키는 소파에 앉으며 빙긋 웃었다.

"20년이 조금 넘는 것 같습니다. 한창 서울 올림픽을
치르느라 온 나라가 시끄러웠지요. 한쪽에서는 반독재를
외치는 자들을 향해 쏘아댄 최루가스가 도로를 덮고 있
는데 한쪽에서는 올림픽 응원으로 날을 새고… 아주 신
선한 나라라는 생각이 절로 들더군요."

그가 말을 이었다.

"서 회장님은 좀처럼 한국을 떠나지 않으신다고 들었
습니다. 언제 한번 일본에 놀러 오십시오. 한국과는 다
른 일본의 아름다움을 느끼실 수 있게 해드리겠습니다."

서복만은 아쉬운 표정으로 말을 받았다.

"가고 싶은 마음이야 굴뚝같습니다만 제가 한국을 떠
날 수 없는 입장이라 아쉽습니다. 언젠가 기회가 오겠지
요."

두 사람은 2001년산 샤또 디껨을 마시고 있었지만
훌륭한 와인에 대한 한 마디의 입에 발린 품평조차 없었
다.

샤또 디껨은 일반인들이 마시기에는 너무 비싸고 구
하기도 힘든 귀한 와인이었다. 하지만 그들에게는 주스
나 다를 바 없는 음료에 불과했다.

빈 잔을 내려놓은 다이키가 허리를 꼿꼿이 폈다.

"이 일은 대단히 위험합니다."

서복만의 안색도 진지해졌다.

"잘 알고 있습니다."

"성공한다면 서 회장님의 기반이 한국을 넘어서겠지만 실패한다면 형장의 이슬로 사라질 수도 있습니다."

서복만은 어깨를 으쓱했다.

"열다섯 이후로 제가 겪은 죽을 고비만 해도 열 번이 넘습니다. 하지만 아직도 이렇게 살아 있죠."

"성공을 자신하시는군요."

"적어도 죽을지 모른다는 두려움이 제가 하고자 하는 일을 방해하지 못한다는 건 분명합니다."

"많은 사람이 죽을 겁니다."

"내가 죽는 게 아니라면 천만 명이 죽어도 상관없습니다."

다이키와 서복만의 입가에 누가 먼저라 할 것도 없이 동시에 미소가 떠올랐다.

다이키는 고개를 끄덕이며 말했다.

"서 회장님 말씀이 맞습니다. 큰일을 하기 위해 필요하다면 만인의 피라도 두려워해서는 안 되지요."

그가 서복만에게 물었다.

"저희와 그 일을 하려면 두 가지를 준비하셔야 한다

고 말씀드렸었는데, 준비는 어떻게 되어가고 있습니까?"

"한 가지는 다 준비되었습니다. 하지만 그걸 준비하느라 필로폰 생산에 착수한 지는 얼마 되지 않았습니다. 그래서 아직 생산된 건 1킬로그램 정도밖에 되지 않습니다만 한 달 이내에 회장님이 필요로 하시는 양을 준비할 수 있습니다."

다이키의 얼굴에 만족한 표정이 떠올랐다.

"좋군요. 서 회장님께서 얼마나 진지한 마음을 갖고 계신지 알겠습니다. 필로폰은 생산되는 대로 받고 싶군요. 저희 쪽에서 제품을 만드는데 소요되는 시간을 줄이기 위해서는 그 편이 낫습니다."

"그렇게 조치하겠습니다. 저도 필로폰 물량을 국내에 쌓아두는 건 부담스러운 일이니까요. 변수가 생길 가능성은 없지만 세상일이라는 게 또 모르는 거 아니겠습니까."

"하하하하, 이래서 제가 서 회장님과 함께 일을 하고자 한 것입니다. 매사에 철저하고 과단성도 있으시니 제가 어떻게 서 회장님을 존경하지 않을 수 있겠습니까."

"저와 함께 일하시는 한, 회장님이 실망할 일은 없을 겁니다."

"믿겠습니다."

후지와라는 웃으며 말을 받았다.

서복만의 얼굴에서 미소가 사라졌다. 엄숙하게까지 보일 만큼 그는 진지한 표정으로 후지와라를 보며 물었다.

"그럼 디데이는……?"

"두 달 후로 생각하고 있습니다."

후지와라는 말을 이었다.

"그때 한국은 학교가 방학기간 중인 것으로 알고 있습니다. 아랫사람들은 그때가 작업을 하기에 좋은 시기라고 생각하더군요."

"생각보다 빠르군요. 저는 좀 더 기다려야 되지 않을까 생각하고 있었습니다."

"그럴 리가요. 이번 일에 대한 기대는 서 회장님 측보다 오히려 저희가 더 큽니다. 모두 새벽잠까지 줄여가며 열심히 일하고 있습니다."

후지와라는 가볍게 고개를 저으며 말했다.

서복만은 후지와라의 빈 잔에 와인을 채우고 자신의 잔에도 따랐다.

"성공을 위해서 건배를 하고 싶습니다."

후지와라는 말없이 잔을 잡았다.

서복만은 잔을 조금 위로 들어 올리며 말했다.

"회장님과 이 일의 성공을 위하여!"

"치어스!"

후지와라는 짧게 말한 후 잔을 입에 댔다.

와인을 마시는 동안에도 두 사람의 마주친 두 눈은 떨어질 줄 몰랐다.

〈『켈베로스』 제4권에서 계속〉

1판 1쇄 찍음 2014년 6월 2일
1판 1쇄 펴냄 2014년 6월 5일

지은이 | 임준후
펴낸이 | 정 필
펴낸곳 | 도서출판 **뿔미디어**

편집장 | 이재권
기획 · 편집 | 윤영상

출판등록 | 2002년 9월 11일 (제1081-1-132호)
주소 | 경기도 부천시 원미구 상동로 117번길 49(상동) 503호 (우)420-861
전화 | (032)651-6513 / 팩스 032)651-6094
E-mail | bbulmedia@hanmail.net
홈페이지 | http://bbulmedia.com

값 8,000원

ISBN 979-11-315-1984-4 04810
ISBN 979-11-315-1140-4 04810 (세트)

www.bbulmedia.com

www.bbulmedia.com